OEUVRES

DE MONSIEUR

REGNAULT DE WARIN.

~~~~~~~~~~~

L'HOMME

AU

MASQUE DE FER.

L'HOMME

AU

MASQUE DE FER,

Par M. REGNAULT DE WARIN.

QUATRIÈME ÉDITION

AUGMENTÉE

1º D'une DISSERTATION HISTORIQUE sur l'Existence et la Captivité de l'HOMME AU MASQUE DE FER ;

2º Des PASSAGES SUPPRIMÉS par la censure ;

3º Du TESTAMENT MORAL de ce Prisonnier célèbre ;

ET ORNÉE DE SON PORTRAIT,

Peint long-temps avant sa longue détention.

SURREXIT È MORTUIS.

TOME TROISIÈME.

A PARIS,

CHEZ
PLANCHER, Éditeur-Propriétaire, rue Serpente, nº 14 ;

EYMERY, Libraire, rue Mazarine, nº 30 ;

DELAUNAY, Libraire, au Palais-Royal.

1816.

L'HOMME

AU

MASQUE DE FER.

~~~~~~

Il y avait peu de tems, je crois, que je dormais, quand je fus éveillé par un mouvement extraordinaire qui se faisait à ma porte. Le Louvre, dans un appartement duquel nous habitions, m'étant absolument inconnu, d'abord je gardai le silence, jusqu'à ce que le bruit devenant plus fort, j'allais m'élancer en criant, lorsque la porte fut ouverte. A la lueur d'une lanterne sourde, portée par un homme que je reconnus pour le baron, il introduisit une femme, de taille médiocre, enveloppée de coiffes. Mes rideaux fermés,

mais transparens, me permirent de dis-
tinguer ce qui se passa dans la chambre.
La dame, qui semblait fort émue, se
plaça sur un siége, que lui avança mon
oncle; elle soupira longuement et à plusieurs reprises; je crus même l'entendre
sangloter. Rassurez-vous, madame, lui dit
son conducteur à demi-voix; je vous en-
gage ma parole, qu'on m'arrachera plutôt la vie que de m'arracher ce secret.
Et quant au cher enfant qui en est l'objet... L'organe de mon oncle s'affaiblissant,
je n'entendis plus rien. Mais tout-à coup,
la dame se débarrassa de ses voiles, et,
si ce n'était pas une illusion, je reconnus
celle qui, accompagnée de madame de
Chevreuse, était venue, une seule fois,
me visiter dans mon enfance. Je me serais
peut-être trahi dans ce moment où je
retrouvais ma mère, si le baron n'avait
repris la parole, et dit d'un ton soucieux,
en s'approchant de mon lit: je meurs de
crainte, qu'il ne s'éveille; car, avec son
caractère, s'il vous revoyait, tout serait
perdu. La peur de compromettre celle
qui m'était aussi chère que la mémoire

de mon père, c'est-à-dire plus que la vie, me contint. Je fermai les yeux, et autant que je pus présumer, par un demi-regard que je glissai à la dérobée, voici ce qui se passa l'instant d'après. La dame à qui M. des Anglecourts donnait la main s'approcha à pas suspendus. Un de mes rideaux relevé lui permit de me contempler en silence. Bientôt des larmes coulèrent de ses yeux; elle se pencha sur moi, comme pour respirer le souffle pur de son fils. En ce moment, la clarté de la lanterne venant à illuminer mon visage, elle s'écria : *mon fils!... Enfant trop malheureux!....* et déposa sur mon front un baiser brûlant. A ce mouvement, à ce cri du cœur d'une mère, j'allongeai les bras; sans oser soulever la paupière, je l'étreignis. Elle poussa un sanglot de tendresse et de douleur, qui effraya le baron; et elle était déjà loin de moi, que mes caresses la cherchaient encore.

Cet incident qui, par l'amour de ma mère, alimentait mon horreur du cardinal, échauffa mon zèle. Je me levai, dès l'aube, et pour mûrir mon dessein par

1.

un peu de méditation, je montai sur la
terrasse qui règne le long des appartemens bas du Louvre, et qui domine toute
la Seine, de ce côté. La veille, Germain
m'avait fait remarquer le balcon, d'où
Charles IX, égaré par une politique cri-
minelle, déchargeait sa carabine sur les
infortunés Calvinistes; je m'arrêtai précisément sous cette ouverture, en songeant
que si une nouvelle S. Barthélemy n'était
plus à redouter, un autre fléau, qui déci-
mait la nation en détail, pesait aujour-
d'hui sur la France. Avisant aux expé-
diens pour le détruire, il me prenait des
bouffées d'enthousiasme, que j'évaporais
en marchant à grands pas. L'idée de m'introduire chez le cardinal sous le costume d'un de ses pages me parut de plus
en plus lumineuse, excellente: mais comment me procurer cet habit? J'eus d'a-
bord la pensée d'arranger un des miens;
la réflexion bientôt me rappela que je ne
possédais avec moi que ceux de la fausse
Caroline. En jetant mes regards sur le
quai, où peu de monde paraissait encore,
ils tombèrent sur un jeune Savoyard, qui

criait d'un fausset enfantin : *à ramoner la cheminée du haut en bas !* La vue de ce petit malheureux fut un trait de lumière pour moi. Je lui fis signe, il s'arrêta. Je lui indiquai de monter : des yeux, il cherchait la porte, et demeurait incertain. Pourtant il me comprit : au moyen de ses crochets, qu'il ficha dans les déjoints alternatifs de la muraille, il grimpa jusqu'en haut, où étant parvenu, il se cramponna à la saillie de la corniche. Alors, courbant mes doigts réunis, je lui tendis la main, qu'il saisit, et avec laquelle je l'enlevai jusqu'à moi. Tout cela prit moins de tems à faire que je n'en mets à le décrire. L'habitant des montagnes, assez étonné de se trouver en tête à tête avec une demoiselle de son âge, me regardait d'un air moitié badin, moitié niais, en tournant dans ses mains son bonnet bruni par la suie. Il me souvient, qu'à travers son masque barbouillé, on lui démêlait une de ces mines réjouies, qui promettent la franchise, sans exclure un peu de malignité. Il s'agit, mon ami, lui dis-je, en lui serrant les mains, qu'il retirait, et ou-

bliant, comme on voit, la dignité de
mon sexe prétendu ; il s'agit de me rendre un grand service.—Quatre, mademoiselle, dix, cent, si j'en suis capable,
répondit-il.—Oh! pour celui-ci, certainement. Je veux d'ailleurs te faire gagner
beaucoup d'argent.—Oh! pour ce qui
est de ça, mademoiselle, je crois plutôt...
Si j'osais... je prie mademoiselle de me
pardonner, mais je payerais volontiers
pour rendre le service... Quoique ça,
je dis, mademoiselle, que l'argent ne gâte
rien.—Il y a dans cette bourse dix louis.
(je la lui montrai) ; les voilà (je les étalai
sur ma main) ; cinq sont pour toi, si tu
sais bien employer les cinq autres.—Mademoiselle n'a qu'à dire.—J'ai la fantaisie
de m'habiller en homme ; on me refuse
un habit, il faut m'en trouver un. — Oh!
pour ce qui est de ça, c'est facile ; mais
mademoiselle est si bien en demoiselle!
Si mademoiselle voulait écouter mon petit avis... (Je m'impatientais.) Quoique ça,
mademoiselle fera un bien joli garçon ;
elle aura l'habit. — Je suis incertaine sur
le choix, sur la couleur... Que me con-

seille-tu? (Je craignais de me laisser deviner.) — Moi, mademoiselle, je prendrais un bel habit d'étoffe verte comme la prairie à Mathieu Giraud, avec de belles grandes fleurs à ramages... — Eh! non, non, tout cela est d'un embarras!... Je veux un habit leste, comme pour la chasse, un habit de page, par exemple. — Oh! bien oui, à la livrée du roi: bleu et blanc... — Non pas: vert et rouge, à la livrée du cardinal. — A la livrée du cardinal? Oh! pour ce qui est de ça, mademoiselle, je ne saurais gagner les cinq louis. — Et pourquoi? — mademoiselle va se fâcher, et je lui demande bien pardon de lui désobéir; mais en conscience, je ne puis... — Mais la raison? — Le cardinal!... Oh! pour ce qui est de ça, mademoiselle, je dis qu'on en dit moins qu'on en pense... Enfin, suffit; et comme dit le proverbe: à bon entendeur, demi-mot! — Je suis contente de ton proverbe et de toi, et te jure que je pense de même; je n'ai envie d'employer cet habit qu'à un bon usage. — Vrai, là? la main sur l'honneur? — C'est pour faire une bonne ac-

tion; oh! si je pouvais t'expliquer!...—Une
niche peut-être, une malice à ce damné de
cardinal?—Précisément.—C'est que mademoiselle ignore qu'il met des impôts sur
tout; il n'y a pas jusqu'à ma *raclotte* et
mes *crampons* qui ne paient leur part de
sa calotte rouge. — Tout cela finira dans
peu. — Donnez, mademoiselle, je cours
acheter l'habit. Il y a là bas, au marché
du Parvis, un frippier de ma connaissance... Laissez-moi faire, mademoiselle,
pour ce qui est de ça, je dis que vous serez contente. Mon Savoyard reprend le
chemin de ses crochets, et se laisse glisser.
A peine a-t-il touché terre, qu'il prend
son essor, court et disparaît. Je lui avais
donné rendez-vous pour le lendemain à
la même heure. Je rentrai, en me félici-
tant des opinions de cet honnête montagnard, et en souriant de la singularité
qui préludait à des scènes tragiques par
des détails presque bouffons.

M. des Anglecourts, prêt à se rendre
aux ordres du roi, me cherchait pour
m'embrasser et me recommander la prudence. Son air soucieux me fit soupçonner

qu'il craignait que je n'eusse connaissance de l'événemont de la nuit. Je vis
l'instant où, par excès de discrétion, il
allait se déceler. Il se tut cependant, et me
quitta après avoir parlé bas à son valet
de chambre. En le suivant des yeux, jusqu'à sa voiture, je le vis qui essuyait ses
larmes.

Cette journée, une des plus longues
de ma vie, se passa sur les épines de l'at-
tente, et dans les anxiétés de l'inquiétude.
Germain ne pouvait tellement dissimuler
la sienne, qu'il ne répondit presque toujours à contre-sens à ce que je demandais.
Il se levait sans motif, marchait sans sujet,
ne pouvait rester en place. Il courait, à
chaque seconde, vers une croisée pratiquée sur les cours, l'ouvrait précipitam-
ment, examinait avec curiosité les voi-
tures qui sortaient du Palais-Cardinal, et
ne reconnaissant pas celle de son maître,
il revenait triste à la fois et impatienté.
Quant à moi, songeant à ce qui devait
arriver le lendemain, j'invoquai tour-à-
tour le Dieu qui protège l'innocence et
venge les forfaits; les mânes de mon père,

le souvenir d'une mère trop long-tems inconnue, et l'image de ma chère Onézyme.

A la chute de la nuit, cependant, une voiture roule et s'arrête sous nos fenêtres. Germain se hâte, et j'accours! Mon oncle, tout rayonnant de joie, s'élance et me tend les bras; je m'y jette : tout va le mieux du monde, s'écrie-t-il, et grâces au ciel, tu es sauvé! le baron sanglotait de plaisir; le fidèle Germain sautait d'aise, et je recevais de tous deux les plus tendres caresses.

M. des Anglecourts se mit à table; il en avait besoin. Après avoir satisfait son premier appétit, il entra avec nous dans quelques détails. Il avait été conduit dans un cabinet particulier, où le roi malade examinait le travail de son ministre presque moribond; car, depuis la veille, la langueur de Richelieu avait pris un caractère très-alarmant. Cependant, ce prélat, luttant contre le mal, conservait toute sa présence d'esprit et une grande sérénité. Jules Mazarin, nonce de Sa Sainteté, et confident du cardinal, de-

puis la mort du père Joseph, produisait
sous les yeux du prince toutes les pièces
à l'appui du compte ministériel. Après
l'avoir discuté et arrêté, Louis XIII, s'a-
dressant à mon oncle, exigea qu'il lui
rendît compte de ce qui s'était passé
relativement au duc de Buckingham,
dont ce monarque n'ignorait pas que le
baron avait recueilli les restes. Celui-ci, le
voyant informé, n'avait pas cru devoir
rien dissimuler, hormis pourtant ce qui
me regardait nominativement. Sa Majesté
parut satisfaite; mais le cardinal, moins
facile, avait, d'un ton chagrin, reproché
à M. des Anglecourts, sa condescendance
pour la duchesse de Chevreuse, ambi-
tieuse, pleine d'artifice, ajouta le prélat,
qui, à Bruxelles comme à Paris, à Lon-
dres ainsi qu'à Amsterdam, machine intrigue sur intrigue, et n'est exilée que
pour avoir dirigé contre les intérêts de
l'état, ses conseils à la reine. Le baron
avait répondu, qu'en accordant un asile
à la duchesse, dont au surplus il ignorait
les actions et plus encore le châtiment,
il n'avait consulté que les égards qu'on

doit au malheur. Lorsque le malheur produit le crime, répliqua l'austère ministre,
ce ne sont pas de frivoles égards qu'on
lui doit, mais des supplices. Est-il vrai,
avait repris d'un ton insinuant, avec un
regard doucereux et un accent italien
très marqué, le nonce Mazarin ; est-il
vrai que mylord duc a laissé de cette
dame un fils, qu'il a confié à sa mère ?
Je l'ignore, répondit très laconiquement
le baron que cette question commençait à alarmer. Il suffit, dit le roi, en le
congédiant ; vous pouvez, dès demain,
repartir pour la Bourgogne, à moins que
d'ici là M. le cardinal n'ait affaire de
vous. C'est ce que je ferai savoir à M. des
Anglecourts, ajouta le ministre.— Sa Majesté est satisfaite ; vous pouvez dormir
tranquillement : c'était par cette dernière
phrase que le nonce avait terminé l'entretien.

Nous recommençâmes nos félicita-
tions mutuelles. Le baron se promit de
reprendre, dès le lendemain, le chemin
de son tranquille château, où il ferait
revenir sa fille, et où il attendrait pa-

tiennent la fin des violences dans celle du ministre. Après l'avoir tendrement embrassé, je me retirais dans ma chambre, lorsque trois coups de sonnettes retentissant avec précipitation, vinrent à cet instant d'espérance et de sérénité faire succéder l'effroi. On a ouvert. Un domestique annonce qu'une femme voilée demande à parler à monsieur, fût-il couché. Le baron ordonne qu'elle soit introduite, et marche au devant d'elle. Je vois s'avancer, ou plutôt accourir, une figure entièrement enveloppée d'une draperie grise, laquelle s'approche rapidement de lui, et se penche pour lui parler à l'oreille; mon oncle fait un mouvement de surprise et d'épouvante. La figure, en se tournant vers moi, laisse échapper des sanglots et me tend les mains; par un instinct, que pressentira tout cœur sensible, j'élève les miennes vers elle. Mais le baron l'entraîne hors du salon, et dit à Germain quelques mots, parmi lesquels je distingue celui de *Caryatide*. Ce digne serviteur se jette à mes pieds en pleurant, me conjure de lui obéir, et de n'éprouver aucune défiance. Un peu ému, je demande qu'il s'explique. Je ne le puis, me dit-il avec amertume : il faut me suivre, vous laisser conduire, vous taire, si vous ne voulez perdre à la fois M. le baron, mademoiselle Onézyme, votre mère et vous. Cette menace me décide, je n'hésite plus. Germain ouvre une porte collatérale, percée sur un corridor, traverse une vaste antichambre, et entre dans un immense salon, d'où la lumière, que portait ce domestique, effraie quelques chauves-souris réfugiées dans les lambris. Au fond de ce lugubre appartement, se voyait une grande et haute cheminée gothique, dont le large manteau était supporté par deux caryatides. Germain presse fortement un ressort invisible, placé dans les plis de la ceinture de l'une de ces statues, dont la partie inférieure se déplace, découvre un espace d'environ deux pieds carrés, qui n'est autre qu'une trappe, pratiquée dans le carreau. Nous la soulevons : elle offre un petit escalier roide et tournant, que je descends à la suite de Germain ; après quoi, nous enfilons un souterrain tortueux et voûté qui aboutit à une petite porte basse, dont le valet de mon oncle a la clef. J'entre, et à mon indicible étonnement, je me vois dans une petite cellule fort agréablement décorée. Par les soins de Germain, du feu s'enflamme rapidement dans une petite étuve de bronze doré; il allume des bougies placées sur des consoles, dans des flambeaux de vermeil; à leur clarté, il me fait remarquer un lit établi sous un enfoncement, en forme de niche; une tenture et un ameublement de damas, bon nombre de livres rangés sur des tablettes; au dessous, un petit jeu d'orgue de chambre, et en face du lit, aux côtés d'un trumeau, deux portraits voilés. L'attentif serviteur, après m'avoir indiqué d'autres aisances, et mis en possession de ce nouveau domicile, ouvre un buffet pratiqué dans le mur, et m'y fait voir quelques provisions de bouche, qu'il viendra, ajoute-t-il, renouveler au besoin. Puis m'ayant invité au repos, à la résignation, à la sécurité, il me baise respectueusement la main, ferme sur

moi la petite porte , et me laisse dans le
doute si je suis bercé par l'illusion d'un
songe.

Je ne dormis point, cela se conçoit
sans peine. Outre l'inquiétude du moment
actuel , j'étais travaillé par celle de mon
projet. J'en voyais l'exécution différée,
anéantie peut-être. Le Savoyard auquel
j'avais assigné rendez-vous , qu'allait-i
soupçonner , que ne pourrait-il pas dire?
Et si, comme pour éluder ma vengeance
le cardinal achevait de mourir; car le
meurtre de mon père semblait m'avoi
donné des droits sur la vie de son assas
sin; et s'il l'eût perdue, autrement que
par mes coups, j'eusse cru qu'il me dé
robait ma propriété.

A la suite de ces réflexions , qu'on
trouvera peut-être bien sérieuses dans un
adolescent , mais qui sont naturelles
l'enfant du malheur , je posai mes doigt
sur le clavier, et j'en tirai quelques ac
cords. Alors, me retraçant les petits con
certs , que dans un tems plus fortun
nous formions, Onézyme et moi, je n
pus retenir mes larmes. Elles furen

amères et abondantes; tant de motifs les faisaient couler!

Je parcourus des yeux la bibliothèque. Presque tous les livres qui la composaient étaient espagnols. J'y remarquai plusieurs *Don Quichotte*, sous divers formats. En voulant en atteindre un, placé au rang le plus élevé, j'ébranlai toute le tablette, dont les rayons parallèles étaient retenus par un châssis; il s'ouvrit subitement, et montra une ouverture ménagée dans l'épaisseur même de la terrasse. Cette trouée, dans laquelle je me glissai, était fermée par une porte étroite, dont les garnitures de fer assuraient la solidité. Où débouchait cette porte? c'est ce que j'ignorais, et ce qu'il me fut impossible de découvrir dans le moment. Revenu dans la cellule, et ne pouvant ni dormir, ni m'occuper, je me remis à l'orgue, et cherchai, dans la musique posée sur le pupitre, quelque pièce facile, que je pusse jouer à la première vue. J'ai gardé copie de cette romance, dont le chant plaintif, s'accordant à ma

situation, s'exhale, pour ainsi dire, en
soupirs profondément mélancoliques:

Sous cette voûte ténébreuse,
Je descends avec volupté;
Dan mes chagrins j'y suis heureuse,
J'ose m'y plaindre en liberté:
Au joug d'une pompe importune
Je soustrais mon cœur gémissant;
Je viens pleurer sur ma fortune,
Je viens regretter mon enfant.

～～～～～

Au sein d'un modeste village,
Oh! s'il avait reçu le jour!
J'aurais, sur un lit de feuillage,
Bercé l'objet de mon amour;
Aux mamelles d'une étrangère,
J'amais on n'eût vu l'innocent...
Ah! le lait d'une bonne mère
Double la vie à son enfant!

～～～～～

Parmi nos champêtres asiles,
Séjour de calme et de bonheur,
Au souffle des vertus faciles,
J'aurais vu croître cette fleur:
Ma main eût su de la misère
Repousser le trait accablant...
Les trésors d'une tendre mère
Sont les baisers de son enfant.

Dans les charmes de l'ignorance,
J'aurais voulu que de ses jours,
Le tems, conduit par l'innocence,
Eût guidé le paisible cours;
Qu'enfin, de la reconnaissance,
Eprouvant les doux sentimens,
Les soins que j'eus de son enfance,
Il les rendit à mes vieux ans.

Vains désirs! trompeuses chimères!
Loin de moi, tableaux séducteurs!
Vos félicités mensongères
Aigrissent toutes mes douleurs;
O déplorable souveraine!...
Ton fils n'est pas celui des rois!...
Qu'il est malaisé d'être reine...
Hélas!... d'être mère à la fois!...

J'avais déjà répété ce couplet, qui provoquait mes plus sérieuses réflexions. Tout à coup mes yeux se portèrent sur les tableaux suspendus aux deux côtés de l'alcôve. M'élancer, arracher leurs voiles, furent deux mouvemens aussi prompts que la pensée. A-t-on deviné qui ils représentaient? Mon père, le trop

malheureux Buckingham, et cette femme
inconnue, cette mère anonyme, dont
j'avais reçu, dans la nuit précédente, et
pour la dernière fois peut-être, les embrassemens clandestins. Oh! que de circonstances à exciter ma surprise et ma
sensibilité! Quels soupçons m'inspirèrent
ces portraits, dont le dernier m'offrait
sans doute l'auteur de la romance! Quoi!
il se pourrait!..... Mais où me trouvé-je,
et par quel concours d'événemens ?....
Je pensais, dans ce labyrinthe, saisir un
fil conducteur; il m'échappait!..... Dans
cette perplexité, je crus entendre confusément la voix de mon Savoyard, qui
répétait son refrain matinal : c'était le
signal auquel j'étais convenu d'accourir.
Mais comment briser, comment franchir
les barrières qui me retenaient prisonnier? Ce contre-temps, déjà fâcheux en
lui-même, devenait bien cruel par la circonstance. Mon ramoneur s'égosillait cependant, et redoublait ma contrariété. A
force de rêver, je conclus que, puisque
je l'entendais distinctement, il ne devait
pas être éloigné; et sur cette première

donnée, il me vint un pressentiment qui
me sembla si naturel, que, m'étonnant
de ne l'avoir pas eu plus tôt, je me hâtai
de le vérifier. Je fais rouler sur ses gonds
la fausse porte de la bibliothèque, et me
glisse dans le conduit qu'elle masque.
Plus j'approche, plus je me convaincs de
mes soupçons : c'était au pied même de
la terrasse et contre la porte pratiquée
sur le quai que chantait le montagnard.
Afin de me faire reconnaître à lui, je
frappe plusieurs coups et me nomme :
soudain il fait silence. Vivement impatienté, je redouble mon tapage. C'est
moi, c'est moi! m'écriai-je.—Qui, vous?
—La petite demoiselle d'hier. On a deviné mon projet, et pour m'en punir, on
m'a enfermée. Délivre-moi. — Et comment?—Enfonce la porte. Le voilà qui
heurte, qui frappe à coups redoublés,
qui se démène. — Elle tient en diable, je
ne saurais en venir à bout. En appliquant
mon oreille à la barre horizontale qui la
scellait, un cadenas m'avait froissé ; si j'en
avais eu la clef, notre besogne eût été bien
abrégée. En communiquant cette idée au

Savoyard, il m'en vint subitement une autre. Je cours vers l'orgue, à la caisse duquel j'avais remarqué une de ces clefs fo-
rées communes à plusieurs serrures; il
n'était pas impossible qu'elle ouvrît celle
du cadenas. O bonheur! aussitôt qu'elle
y est introduite, le pêne cède, le cadenas
se détache, la barre tombe, la porte
s'ouvre en criant, et je me trouve vis-à-
vis du ramoneur.

Il portait dans une enveloppe l'habit
complet que je lui avais demandé, et qu'il
veut m'étaler avec complaisance. Je ne lui
en laisse pas le tems; ce qui s'était passé
la veille, ce qui pouvait avoir lieu aujour-
d'hui, me rendait précieux les moindres
instans. J'introduis dans ma cellule mon
commissionnaire émerveillé, et referme la
porte sur nous. Glissé sous les rideaux de
l'alcôve, je me dépouille, en un clin-d'œil,
des ajustemens féminins; je revêts le leste
et brillant costume de page, qui, nonobs-
tant quelques défectuosités, ne me mes-
sied point; et je reparais bientôt sous ma
nouvelle métamorphose.

Ce changement enhardit le Savoyard,

qui se mit à folâtrer un peu lourdement.
Je fus même obligé d'employer quelque
résistance pour faire cesser son espiègle-
rie; deux ou trois secousses tant soit peu
vigoureuses m'en firent raison, mais l'é-
tonnèrent. Pour une petite demoiselle si
délicate, dit-il en se relevant, vous n'avez
pas le poignet engourdi. Je lui dis nette-
ment, que s'il voulait que nous restas-
sions amis, il fallait qu'il fût sage; il me
le promit. Nous sortîmes par le souterrain; et comme je n'aurais pu retrouver
le Palais-Cardinal, il m'accompagna jusque-là. Après quoi, nous nous quittâmes,
après nous être indiqué rendez-vous pour
le lendemain matin, à la même heure, toujours au pied de la terrasse.

Des réflexions d'un genre tout nouveau vinrent m'assaillir. Près de mon
père, soutenu par son image, échauf-
fé par les discours de madame de Chevreuse, animé peut-être aussi par le désir de
me signaler aux yeux de ma chère Onézyme, je n'avais aucune peine à prendre
pour des désirs de vengeance, ma haine
contre le cardinal. Plus rapproché de lui,

soit inexpérience, modération ou timidité, je sentais se refroidir ces sentimens. En cet instant, debout au coin de la place où s'élève le palais, je contemplais ces phalanges d'hommes, d'armes qui le gardaient, et ne pus me défendre d'un certain mouvement d'effroi. A la peur d'échouer, se joignit la honte d'attaquer un homme sans défense: que dis-je sans défense? on assurait même qu'il n'en avait plus contre la mort; et j'aurais la lâcheté d'en devancer le coup!... Mais il a fait égorger mon père? mais il est le tyran de mon pays? mais il poursuit, il persécute, il fait gémir le baron, Onézyme et moi-même? Et ma mère, cette femme aussi tendre qu'infortunée, n'est-elle plus sa victime? N'est-ce pas lui qui fait un crime à une mère de son amour, et qui, par des supplices peut-être, voudrait lui faire payer ses embrassemens? Et j'en aurais pitié! je l'épargnerais! Non, non; poursuivons, achevons une louable et juste entreprise. Qui n'épargne personne, mérite-t-il d'être épargné?

Pendant que je me livrais à ce soli-

loque intérieur; des groupes se formaient sous le péristyle, dans la place
et jusque sur les marches du palais. Je
m'insinuai parmi le plus apparent. On y
parlait à demi-voix, et avec un ton craintif, de la maladie du cardinal, de sa mort
prochaine. A peine m'eut-on remarqué,
que le silence s'établit et que le groupe
se dispersa. Un homme qui en faisait partie osa pourtant m'aborder, en me de-
mandant des nouvelles de monseigneur.
Je lui répondis, presqu'au hasard, que
la gravité de son indisposition ne permettait plus d'espérance. Tant pis, répondit mon interlocuteur, en laissant
échapper un profond soupir; s'il meurt,
je plains la France. Ce bras ôté, qui est
une digue aux factions, je les vois se dé-
border toutes. Le roi n'est rien et va
mourir; le dauphin est si jeune, que ce
n'est encore qu'une espérance; la reine
sa mère a de bonnes intentions, mais
je la crois plus opiniâtre que ferme, et
facile à mener par la flatterie. Ah! si
M. le cardinal n'en revient pas, c'est un
grand malheur! — J'envisageai cet apo-

logiste à contre-temps avec une surprise
mêlée de colère; je le quittai brusque-
ment, et me décidai à monter au palais.

Les sentinelles s'arrêtèrent devant moi;
je pénétrai sans obstacle jusque dans la
deuxième cour. Là étaient rangées une
foule de chaises, autour desquelles cir-
culaient leurs porteurs. D'aventure, vint
à descendre du grand escalier, plusieurs
pages; j'en accostai un : Camarade, qu'y
a-t-il de nouveau? Il me répondit que
l'état de monseigneur empirait d'instant
à l'autre. Presqu'en même tems, plusieurs
gentilshommes descendirent, en se parlant confusément, et en répétant les
mots d'*extrême-onction*, de *sacremens*.
Ces messieurs furent suivis de groupes
tumultueux qui portaient l'embarras dans
leur maintien et l'effroi sur leur physionomie. Un personnage, qui s'en détacha,
vint à nous (je veux dire aux pages,
parmi lesquels je m'étais mêlé), et nous
dit de courir à la paroisse pour y prendre des flambeaux et accompagner le
saint Viatique. Je compris alors qu'on
allait administrer le cardinal; et, ma-

chinalement, je suivis mes nouveaux compagnons. L'église n'était pas éloignée: c'est un vieil édifice d'architecture gothique, qu'un ciel chargé de neige rendait plus sombre encore. Il était rempli par une foule curieuse, que cet événement avait attirée. Le sanctuaire était occupé par des gens de la maison du ministre, parmi lesquels je m'introduisis. On nous distribua de grosses torches de cire : après quoi, rangés sur deux lignes, nous précédâmes et suivîmes le dais, sous lequel un vieux prélat, accompagné de beaucoup de prêtres, portait le Saint des saints. Le cortége se développa ainsi fort majestueusement, malgré des flocons de neige qui volaient de tous côtés. Un détachement considérable de la garde de M. de Richelieu contenait la multitude qui grossissait à chaque moment et débouchait de toutes les rues. Nous arrivâmes devant le palais; ceux qui faisaient partie de la marche montèrent le grand escalier et suivirent le saint Viatique jusque dans les appartemens. En entrant dans celui du cardinal, j'éprouvai un

2.

saisissement involontaire, et ne pus sans
terreur faire un retour sur moi-même.
Quel hasard singulier m'amenait en face
d'un homme que ses actions me faisaient
tant haïr, que sa situation me forçait tant
à plaindre ! Etait-ce pour augmenter la
pompe de ses derniers momens et diminuer leur amertume, que j'avais résolu
de pénétrer jusqu'à lui? O frivolité des
résolutions humaines ! il est une main
plus impérieuse qui se joue d'elles à son
gré, les fait réussir quand il lui plaît,
les déconcerte quand il le faut.

Une magnificence noble se faisait remarquer dans la chambre du ministre.
Il était plus assis que couché sur un lit
en forme de trône, dont le dais pompeux, tout chargé de panaches, lais-
sait descendre des rideaux frangés et de
riches courtines. De côté, sur une console de marbre, on voyait un grand
crucifix entre six flambeaux à branches.
Plus bas, une tablette couverte d'un tapis et d'un tissu de lin offrait aux vases
saints une sorte d'autel.

M. de Richelieu, en costume de car-

dinal, avait les yeux fermés et semblait
sommeiller. A la lividité de son teint
et de ses lèvres, on jugeait que la mort
avait déjà marqué sa proie. Un confesseur lui parlait fréquemment à l'oreille,
tandis que plusieurs valets de chambre
lui faisaient respirer des sels. Au mouvement que l'entrée du Viatique produi-
sit dans sa chambre, il souleva ses paupières, fit un effort pour se placer plus
décemment, et se découvrit. Le prélat
qui l'administrait commença une exhor-
tation fort pathétique, mais que le moribond trouva apparemment trop longue;
car il me sembla que, par divers mouvemens, il témoignait son impatience.
Aussitôt il prit la parole lui-même, et
d'un accent élevé, en étendant le bras
vers l'autel, il dit : » C'est à la face de mon
Dieu, que je veux m'expliquer pour la
dernière fois. J'ai servi le roi et l'état,
selon ma conscience ; j'ai gouverné, selon le besoin. J'ai trouvé le royaume
misérable ; je le laisse florissant. Je n'ai
rien à me reprocher. Je recommande au
roi ma famille, et particulièrement ma

nièce, la duchesse d'*Aiguillon*, que je fais surintendante de ma maison. Voilà mes dernières volontés. »—Richelieu avait fini de parler, et les cérémonies continuaient, que j'écoutais encore. Ces mots « je n'ai rien à me reprocher » sonnaient dans mon oreille comme un bruit incompréhensible et importun. Ils m'avaient étourdi. Quoi, le fier despote, par qui étaient courbées tant de têtes illustres, par qui tant d'innocentes avaient roulé sur l'échafaud ; quoi, le meurtrier de mon père déclarait en mourant, en présence du Dieu qui voit tout, du juge qui ne laisse rien d'impuni ; il disait n'avoir rien à se reprocher ! Et pour qui donc, juste ciel, sont faits les remords ?

La stupeur qui me paralysait, en quelque manière, avait aussi gagné l'assemblée. Elle gardait un silence imposant, qui n'était interrompu que par la lugubre psalmodie des prêtres récitant les prières des agonisans. Celui qui en était l'objet était retombé dans un recueillement profond. Chacun, osant envisager enfin celui qui avait les yeux baissés,

semblait se demander : Est-ce là ce fa-
meux ministre, dont le nom fut si long-
temps cité avant celui des rois, parce que
son pouvoir dépassait de beaucoup le
leur ? Quoi, c'est là ce qui reste de ce
terrible Richelieu ? Presque rien, et bientôt il en restera moins encore !

Cette triste et majestueuse solennité
se termina ; nous reprîmes, dans le même
ordre, le chemin de l'église ; et il y avait
plusieurs minutes que j'y étais arrivé, que
je ne concevais pas comment j'avais mérité de perdre ma vengeance, en en laissant échapper l'occasion.

Je trouvai celle de me dérober à mes
prétendus camarades, et de ne pas re-
tourner dans un palais, dont il me semblait que ma timide circonspection, pour
ne pas dire ma lâcheté, venait de me
bannir. Retiré dans une chapelle obs-
cure, et prosterné au pied d'un autel
solitaire, je pleurai amèrement. Tout à
coup le calme de l'église est troublé
par de bruyans murmures : j'en veux
connaître la cause, et m'approche d'une
des portes collatérales, d'où ils partaient.

Un nombre assez considérable de personnes de tout âge, des deux sexes et de tout état, parlait confusément ; on s'interrogeait sans répondre ; on faisait de grands gestes et des exclamations ; enfin, à travers le désordre et les propos interrompus, je parvins à démêler *que la reine est arrêtée.* Sans savoir clairement encore quel intérêt direct je devais prendre à cette nouvelle, elle augmenta mon chagrin et mes regrets. La crainte que le baron ne fût compris dans ce dernier coup du cardinal me fit quitter ma retraite pour courir au Louvre, qui en est voisin. Je n'avais pas fait cent pas, que du fond d'une voiture qui roulait avec rapidité, je m'entends nommer à plusieurs reprises. Je cours plus vite, le carosse ralentit sa marche et s'arrête ; une tête se montre à la portière, comme je l'atteins tout essoufflé. Qu'on juge de mon étonnement ! c'était madame de Chevreuse, que je croyais à cent lieues de Paris. Je pousse un cri de surprise et de joie. Où est Onézyme ? Ce fut mon premier mot. On m'ouvre, je m'élance et me trouve dans les bras de cette cousine adorée.

Si j'étais impatient de savoir la cause de cette réunion imprévue, la duchesse n'était pas moins curieuse d'apprendre celle de mon travestissement. Mademoiselle des Anglecourts, le prenant pour un habit de fantaisie, le trouvait à son gré ; mais quand madame de Chevreuse lui eut appris que c'était la livrée du cardinal, au service duquel j'étais apparemment entré, ce fut alors, mieux que jamais, qu'elle montra l'excellence de son naturel et la précoce maturité de son discernement. La duchesse qui, sans que je m'en aperçusse, avait fait rétrograder sa voiture, ne voulant pas descendre chez le baron, qu'elle jugeait changé ; madame de Chevreuse, dis-je, livrée à un emportement irréfléchi, m'adressait les reproches les plus amers, les sarcasmes les plus sanglans. Je ne pouvais saisir l'occasion de placer un mot pour me justifier. Plus prudente, Onézyme me fit signe de me modérer et de laisser passer ce premier feu. Puis, quand il fut calmé, et que,

faute de poumons sans doute, la duchesse
se fut arrêtée : Je crois, madame, lui dit
ma cousine, qu'il est de toute justice de
l'entendre. Je ne puis croire sitôt aux ap-
parences ; et dans tous les cas, il sera toujours temps de le condamner. Je dis alors
la vérité, et découvris, en même tems que
mon projet, la manière dont il venait d'é-
chouer. A mesure que je m'expliquais,
l'étonnement et la joie se peignaient sur
le visage de madame de Chevreuse, le
contentement seul sur celui d'Onézyme.
Hé bien, dit-elle, croyez-vous qu'il soit
digne de blâme ? La duchesse m'embrassa
avec transport. Je crois, s'écria-t-elle, qu'il
est du sang des héros ; mais je crois aussi
qu'il est fait pour les venger. Qu'un obstacle ne te déconcerte pas ; le grand
homme, qui s'y aguerrit, se prépare, s'assure la victoire. Richelieu, si j'en juge
par ce qui m'arrive, a tout découvert.
Soit indiscrétion ou infidélité, il a pénétré le secret de ton existence, que,
sans doute, il pressentait depuis long-
temps. Le baron a été mandé, je le suis
moi-même, et j'apprends, à mon arrivée,

que le bras du tyran s'est étendu jusqu'à
mon auguste maîtresse. Ainsi, le monstre,
déjà couché dans sa tombe, voudrait la
refermer sur de nouvelles victimes. Ne
permettons pas à sa rage ce dernier at-
tentat; suis ton noble dessein; mais n'ou-
blie pas qu'il ne peut être glorieux, qu'a-
chevé.

Madame de Chevreuse parlait bien,
s'exprimait avec cette chaleur qui sort
de la conviction et qui la commande.
Onézyme, que je regardais en lui pres-
sant la main, ne s'expliquait pas, mais ne
faisait nulle objection. Tous les intérêts
de mon cœur se trouvaient vivement remués. Je sentis se ranimer en moi les désirs d'une vengeance, d'autant plus im-
patiente, qu'elle venait d'être déçue; et
il fut résolu que je tenterais un effort
pour la satisfaire.

Au moyen de mon habit de page, mon
accès était libre chez le cardinal. Madame
de Chevreuse me transporta en face de
son palais. Voilà, me dit-elle, en me faisant descendre de sa voiture, voilà le chemin de la gloire! Ah! s'écria Onézyme,

en couvrant ses yeux d'un mouchoir,
c'est aussi celui de l'échafaud !... J'étais
enivré : je franchis les premières cours,
l'escalier, la salle des gardes, les premiers
appartemens ; et j'arrivai tout en nage à
la porte du ministre, pour y disputer à
la mort ses derniers momens.

Partout régnaient un ordre imposant et
un silence profond. Richelieu, se survi-
vant pour ainsi dire à lui-même, avait
prescrit la continuation du service, dont
chaque soir on lui rendait compte. Tel
était cet homme extraordinaire, dont le
bras atteignait du Rhin aux Pyrénées,
et dont l'œil ne dédaignait pas de fixer
des détails domestiques.

A mon approche, un battant de sa
chambre fut ouvert. Un valet de chambre,
qui le regardait, me dit tout bas : Vous
venez de chez madame d'Aiguillon ? Incapable de m'énoncer, je fis un signe
affirmatif, et la porte se referma sur moi.
J'avançai avec une émotion facile à deviner. Un gentilhomme, auquel le valet
de chambre venait de parler à l'oreille,
s'approcha du confesseur, assis au che-

vet du malade; celui-ci lui annonça un message de madame la duchesse. Le ministre, qui avait les yeux fermés, fit un geste de la main, et dit, d'une voix presque éteinte : qu'il approche ! Il me fallut faire quelques pas, ce qui me mit en face de Richelieu. Une partie de ses rideaux avait été déployée ; l'autre, relevée encore, me permit de l'envisager. L'empreinte des souffrances se manifestait sur ses traits altérés ; je ne sais quel mouvement de compassion m'agita. Il fut de courte durée ; et je coulai ma main sous mon vêtement, pour en tirer le poignard, dont, aux Anglecourts même, m'avait muni madame de Chevreuse. En ce moment, le prélat, que mon silence contrariait sans doute, souleva ses paupières appésanties, et fixa son regard sur moi. Il brillait d'un éclat perçant ce regard ; j'en fus troublé : mes doigts tremblans refusèrent de saisir l'arme homicide. Cependant à la même minute, Richelieu, par un changement très brusque de position, m'envisage plus attentivement : la surprise, la stupeur, l'épouvante, se peignent sur son

visage, qu'une faible rougeur colore. Il
ouvre la bouche, remue les lèvres et
voudrait s'exprimer; sa voix se brise en
sons inarticulés. Enfin, son organe dé-
noué par l'excès d'une sensation inatten-
due, profère rapidement ces mots : « C'en
est fait, je suis mort ! Je vois le visage
du dauphin sur la figure de mon page !... »
Il retombe, il suffoque, il éprouve la
dernière crise d'une douloureuse agonie.
On m'écarte, sans me regarder; je suis
forcé de sortir, tout ému, tout hors de
moi, ne comprenant rien à cette scène,
à cette exclamation, que je crois l'effet
du délire, et murmurant contre la mort
qui vient de m'enlever ma victime.

Mes sens étaient encore remués, quand
j'arrivai au Louvre. Surcroît d'agitation!
Le baron, arrêté la nuit, n'avait pas
donné de nouvelles; et Germain, que ma
disparition jetait dans le désespoir, ne
savait que devenir. Il me revit avec les
transports de la joie la plus vive. Je lui
racontai mon expédition deux fois tentée
et échouée deux fois. Il l'admira en frémissant; bénit le ciel, qui avait permis

que mes périls fussent ignorés de mon
oncle, et ne se montra un peu tranquille
que quand il m'eut réintégré dans ma
cellule, dont pour cette fois il visita
exactement et scella hermétiquement
toutes les issues.

Là, il acheva de m'accabler, en com-
plettant le récit de mes derniers malheurs.
Madame de Chevreuse, qui avait eu cent
occasions de fuir, sans vouloir profiter
d'aucune, venait d'être conduite chez le
roi, par un capitaine de la garde; et mademoiselle des Anglecourts, frappée par
contre-coup, avait reçu pour prison pro-
visoire le couvent des Bénédictines.

Je voulais courir l'en arracher; mais
la prudence de Germain me démontra
les inconvéniens de l'entreprise, et les
dangers inutiles auxquels elle m'expose-
rait infailliblement. La mort de Richelieu, ajouta-t-il, doit changer la face des
affaires, et surtout celle-ci, à laquelle, si
je ne me trompe, il attachait une haute
importance. Attendons. Je repris mon
costume féminin et j'attendis. Je glisse sur
cinq mortelles journées, peu fécondes en

événemens, mais qui le furent beaucoup
en réflexions. Germain apprit que son
maître avait été conduit à la Bastille, et
que la prochaine sortie du baron n'était
point désespérée. Le roi ne s'était pas
expliqué sur la continuation de l'ancien
système, ou sur l'adoption d'un nouveau;
mais il y avait à présumer, que ce monarque, d'un caractère craintif, et d'ailleurs attaqué d'infirmités, relâcherait
beaucoup de la sévérité de son ministre.
Je ne dois pas omettre que le Savoyard,
ayant été exact au rendez-vous, y avait
trouvé le valet de chambre, qui, jugeant de
sa fidélité future, par son exactitude actuelle, l'avait attaché à mon service. *Didier*,
c'est le nom de ce jeune homme, qui
reparaîtra par la suite, entra sur-le-champ,
et avec une pleine satisfaction, en possession de son nouvel emploi.

Au bout de cinq jours, la cellule m'ayant
été ouverte, je rentrai dans les appartemens du Louvre, où toute l'amertume,
qui m'avait si cruellement abreuvé, se
tourna en alégresse. Ce fut un moment
bien doux pour moi, que celui où je me

retrouvai dans les bras de mon oncle, auprès de madame de Chevreuse et aux pieds d'Onézyme. Des larmes délicieuses coulaient de nos yeux; nous venions, les uns de tenter une entreprise magnanime, tous de courir des dangers imminens, tous de subir le double supplice de la détention et de l'absence; et nous pouvions nous presser mutuellement sur nos cœurs; et nous étions libre! Et sans avoir de crime à nous reprocher, notre persécuteur n'était plus! O situation charmante et inespérée! O changement que je ne pouvais comprendre, comme je n'eusse osé m'en flatter! Le baron ne se lassait pas d'embrasser sa fille et moi, de nous regarder, comme si, après un long et pénible voyage, il revoyait des enfans chéris. Onézyme, assise sur ses genoux, l'enlaçait de son bras caressant; tandis qu'abandonnant l'autre à mes baisers, elle souriait tranquillement, et reposait sur moi ses regards satisfaits. La duchesse, plus vive, jouissait avec une certaine emphase de ce subit contentement; la mort du ministre lui ferait présager celle

* 2

du maître, qui eût remis aux mains de la reine Anne le timon de l'état. Amie et confidente de cette princesse, dont elle avait partagé tous les revers, il était à croire qu'elle partagerait sa prospérité. Déjà elle en rêvait les brillans avantages, et se livrait aux spéculations flatteuses qu'ils produisent; tandis que nous, enfans de la nature, et ramenés par le malheur à sa simplicité, nous bornions tous nos projets à vivre ensemble dans nos foyers solitaires, pour y savourer les tranquilles plaisirs de la famille.

C'était même en partie à cette condition, que Louis XIII mettait la liberté de mon oncle. Sans s'expliquer entièrement sur l'entrevue qu'il avait eue avec ce monarque, voici ce qu'il jugea convenable de nous en raconter.

A peine, sur l'avis de l'officieuse inconnue, m'eut-on soustrait aux recherches et aux regards, que des satellites du cardinal se présentèrent chez M. des Anglecourts. Leur chef lui demanda son épée, en lui enjoignant de les suivre chez le ministre. Il n'y avait que peu d'heures

qu'il l'avait quitté ; aussi cet ordre parais-
sant singulier, le baron en fit la remarque,
à laquelle on ne répondit que par une
nouvelle injonction d'y déférer. On l'introduisit dans la chambre particulière de
M. de Richelieu, qu'une attaque récente
venait d'étendre sur le lit, d'où il ne s'est
pas relevé. Le roi, assis au chevet, tenait
une liasse de papiers, qu'il lisait attentivement. Approchez-vous, monsieur, dit
ce prince à mon oncle, et répondez à
M. le cardinal. Celui-ci, ranimant ses fa-
cultés, il s'établit entre lui et M. des Anglecourts, le dialogue suivant : Monsieur,
lui dit le ministre, avec un regard fixe et
sévère, vous avez trompé le roi. — Moi,
monsieur ! Je suppose qu'une inculpation
aussi grave doit être étayée de preuves.
— En voici, dit le roi, en indiquant les
papiers qu'il avait dans sa main. — Oui,
monsieur, ajouta le cardinal, en redou-
blant d'austérité ; oui, nous en avons.
Mais avant de vous les produire, veuillez
répondre. Est-il à votre connaissance qu'il
existe du duc de Buckingham un enfant,
soit garçon ou fille ? — Jamais le duc

ne m'en parla. — Pourriez-vous vous expliquer sur un enfant, fille ou garçon,
dont vous avez élevé les premières années
au château des Anglecourts? — Est-ce
de ma fille que veut parler M. le cardinal? — Non, monsieur, non, ce n'est
point de votre fille. Avec elle, auprès
d'elle, comme elle, a été nourri un autre
enfant : quel est-il? — Une orpheline,
adoptée par madame de Louvigny, ma
sœur. — D'où sort cet enfant, à quels
parens appartient-il?—Je l'ignore. Il était
délaissé quand ma sœur le trouva; sans
appui, quand elle le confia à mes soins;
pour les lui prodiguer, je n'ai pas fait
d'autres informations. — Fort bien. Où
l'avez-vous laissé? — Sous la protection
de madame de Chevreuse, qui la fait
voyager avec elle. — Quel intérêt peut
prendre madame de Chevreuse à un enfant qui lui doit être étranger? — Celui
qu'inspire aux âmes tendres le malheur
qui n'est point mérité.—Cela serait louable, si cet intérêt n'en cachait pas un autre. Madame de Chevreuse n'était-elle pas
l'amie secrète, la confidente intime du

lord Buckingham ? — On l'assure. — Et
ne trouvez-vous pas que cette intimité, qui
établit des rapports immédiats entre ces
deux personnages, jette de grandes lu-
mières sur le sort de cet enfant? Ici, interrompit le baron, je feignis de prendre
le change, pour mieux le donner au cardinal; et, comme si l'induction qu'il ti-
rait de mes réponses m'eût tout à coup
révélé une idée correspondante, je m'é-
criai : Je vous entends, monsieur, cette
orpheline est la fille de madame de Chevreuse et du duc!—Supérieurement con-
clu, dit le roi avec humeur; comme si la
confidente d'une passion en devenait né-
cessairement l'objet!—Il n'est point d'ailleurs question ici de se livrer à des conjectures, reprit le ministre; on exige de
vous des réponses positives. — J'ai déjà
eu l'honneur de représenter à Sa Majesté
et à vous, monsieur, qu'il m'était impossible d'en faire.—Je vois avec déplaisir,
continua Louis XIII, que le baron des Anglecourts, que je croyais ami zélé et sujet
fidèle, s'obstine à taire une vérité qu'il
m'importe de pénétrer. M. le cardinal, il

faut arracher par la force ce qu'on ne peut obtenir par les procédés. Exhiberons-nous au baron les pièces convictives? — Une seule suffit, répondit le prélat, en prenant des mains du prince les papiers qu'il feuilleta, et m'en présentant un, que je reconnus au premier coup-d'œil, pour une lettre de la reine : cette main, ajouta-t-il, ne vous est pas inconnue, et cette adresse est la vôtre? Lisez. — Je me rassurai du mieux qu'il m'était possible, et je lus ce qui suit :

« Tout ce que vous me mandez, mon
» cher des Anglecourts, déchire à la fois
» et satisfait le cœur d'une mère. A la lec-
» ture de ces détails, il est impossible de
» retenir des larmes de douleur et de joie.
» Oh! que dans le malheur qui a présidé
» à sa naissance, le pauvre enfant est
» heureux d'avoir trouvé un autre père
» en vous! Des bras d'une mère, en effet,
» où pouvait-il mieux passer que dans
» les vôtres? Voilà ce que je pense pour
» lui, et en ne considérant que ses inté-
» rêts; car si je voulais avoir égard aux
» vôtres, je ne serais pas un moment

» sans frémir. Nous en parlons quel-
» quefois, souvent même, mais pas aussi
» souvent que mon cœur le demande-
» rait; car celui de nos amies saigne d'a-
» vance au pressentiment des maux que
» nous vous préparons. Chevreuse, assez
» ferme, et même étourdie, prétend
» qu'il y a honneur et bonheur à les
» mériter; notre chère Louvigny, plus
» tendre et plus craintive, s'alarme plus
» aisément. Jugez de moi par elle; mais
» pourtant, ne vous découragez pas.
» Continuez vos soins et vos tendresses à
» cet abandonné; quand il sera en état
» de vous comprendre, parlez-lui de sa
» mère; et en lui cachant son rang et sa
» faute, ne lui cachez ni sa tendresse, ni
» ses remords. »

Tandis que je lisais cette lettre avec
une lenteur qui permit à mes réflexions
d'en accompagner le contenu et d'en interpréter le sens, le roi, silencieux, les
jambes croisées et la tête appuyée sur son
poing fermé, me regardait en dessous;
le cardinal, à qui des douleurs aiguës
arrachaient de sourds gémissemens, re-

prenait bientôt son sang-froid pour attacher sur moi ses yeux perquisiteurs. Hé bien, s'écria le prince, que répondez-vous, monsieur, à cette lettre foudroyante? Je suis curieux de vous entendre nier l'évidence. — Sire, je n'ai pas mérité cet outrage. Puisque diverses circonstances, que je ne puis comprendre, ont fait tomber cette lettre aux mains de V. M., j'avoue que le secret lui est aussi connu qu'à moi. — Sire, interrompit le cardinal, il est important que M. le baron consigne son aveu dans un écrit authentique. — Je suis prêt à le faire. Je fis avancer une table, à laquelle je me plaçai. Pendant ce temps, le monarque s'était approché de son ministre et lui parlait à l'oreille. Ce colloque se termina par un signal que Louis lui même alla donner à une porte intérieure de l'appartement; car nous étions absolument seuls. Un moment après, cette même porte s'ouvrit, et, à mon inexprimable étonnement, je vis entrer la reine, conduite par un écuyer et soutenue par une de ses femmes. Ces deux domestiques se retirèrent aussitôt. Nous demeurâmes tous quatre en silence : le cardinal, dans son lit ; le roi, pensif au chevet ; moi, écrivant à ma table, et la reine debout. Cette situation ne dura qu'un instant ; car, à peine avais-je remarqué cette princesse, que je m'étais levé par respect. Mais Louis, du même geste qu'il m'avait contraint à m'asseoir, venait d'indiquer un pliant à son épouse. Elle y prit place, toute tremblante et décolorée ; respira un flacon, jeta un coup d'œil autour de soi, et ramena sur moi ses regards surpris. Par un hasard heureux, tournant le dos au roi, et placé obliquement au lit de M. de Richelieu, je faisais face à la princesse. Je profitai de cette position, pour élever à la hauteur de ses yeux, un papier sur lequel j'avais écrit en très-gros caractères : *Je n'ai rien avoué.* Elle baissa les paupières, rougit légèrement, et je crus voir des larmes s'en échapper.

Madame, lui dit son mari, d'une voix qui me parut altérée, il n'est plus tems de dissimuler : votre complice, plus véridique, a tout avoué. Monsieur, répon-

dit la reine, je n'en suis ni surprise, ni
mécontente, car, sans doute, il a dit la
vérité. Oui, oui, la vérité, s'écria le prélat, d'un ton affirmatif; c'est par elle que
l'on confond les imposteurs. Vous enten-
dez ce que dit M. le cardinal? continua
le roi, en s'adressant à sa femme. Cela
est parfaitement juste, reprit-elle; il ne
s'agit que d'en faire l'application. Ce qui
ne sera pas difficile, dit M. de Richelieu, en arrêtant ses yeux sur la princesse.
Elle fit un mouvement de dépit très-mar-
qué, et s'écria avec tout le dedain de sa
noble maison : Délivrez-moi, monsieur,
du déplaisir de disputer avec cet homme!
S'il vous connaissait moins, répliqua vivement le roi, vous l'aimeriez davantage.

J'arrêtai, dès le commencement, cette
querelle conjugale, en m'offrant de lire
ce que je venais de tracer. Le silence s'é-
tablit, et on m'écouta :

« Je soussigné, baron des Anglecourts,
» Vieux-la-Châteigneraye, et autres lieux,
» colonel du régiment de Bourgogne-
» Cavalerie, et lieutenant-colonel du ré-

» giment de Royal-Orléans, déclare que,
» conformément à la vérité, et à la lettre
» de Sa Majesté, Anne d'Autriche, in-
» fante de toutes les Espagnes, et reine
» de France, l'enfant à moi envoyé par
» cette princesse, nourri et élevé en
» mon château des Anglécourts, sous le
» nom de *Caroline de Louvigny*, est
» réellement la fille de ma sœur, la ba-
» ronne de Louvigny, qui me l'a con-
» fiée en cette qualité. En foi de quoi,
» j'ai délivré le présent, de l'ordre ex-
» près de Sa Majesté, mon seigneur et
» roi, Louis XIII du nom, glorieusement
» régnant; et en présence de Son Emi-
» nence, monsieur le cardinal duc de Ri-
» chelieu, premier ministre, etc. »

Les divers sentimens qui agitèrent les
personnages présens à cette lecture seraient difficiles à exprimer. Une satisfaction tendre, un sensible bien-aise se peignait dans les yeux humides de la reine;
son époux, devenu plus taciturne, fermait
violemment les yeux et fronçait les sour-
cils. Mais c'était M. de Richelieu qu'il était
curieux d'examiner; on peut dire, sans

3.

exagération, que l'éclair étincelait dans
ses yeux. Presqu'au même moment, la
foudre partit de sa bouche: Quoi, s'écria-
t-il avec fureur, c'est ainsi qu'on outrage
Sa Majesté, c'est ainsi qu'on me joue!
Malheur à qui s'y hasarde! On me croit
mort, anéanti; mais je sortirai du tom-
beau, et je ferai voir encore tout Richelieu! Sire, on nous abuse; il faut faire retomber sur les perfides leurs propres piè-
ges, il faut les y prendre. Cet enfant enveloppé d'un mystère, qu'on croit impé-
nétrable, nous savions, dès long-tems,
de quel crime il est le fruit. Je me tairai,
madame, et veux respecter la majesté des
rois, quand vous-même peut-être oubliez
la dignité des épouses; mais, puisque
vous vous êtes défiée de l'indulgence, vous
apprendrez à connaître la sévérité. Cet
enfant n'est à personne; il appartient à
l'état, dont il serait à-la-fois la honte et le
fléau. C'est donc aux pères de l'état, à Sa
Majesté, à moi, de régler sa destinée.
Elle est décidée invariablement; au moment que je vous parle, ce coupable rejeton de l'adultère a cessé de causer le
déshonneur et l'effroi; il n'est plus. — Le

cardinal n'avait pas achevé de parler, que
la reine, poussant un cri douloureux,
avait glissé de son siége à terre, et s'était
évanouie. Le monarque immobile était
pâle et tremblant. Le ministre, lui-même,
épuisé par cet effort, perdait connaissance. Moi seul, un peu moins troublé,
quoique fort inquiet, j'étais en état de
donner des secours aux trois personnages
qui en avaient si besoin. J'ouvris une porte,
des gentilshommes accoururent; on transporta la reine dans un autre appartement;
on s'empressa autour du cardinal, qu'une
faiblesse alarmante venait de frapper.
Pour moi, retiré dans l'embrasure d'une
fenêtre, j'y attendais la fin du tumulte, en
méditant sur ce qui l'avait causé. Le cardinal, à qui on fesait respirer des essen-
ces, ne montrait aucuns mouvemens; le
roi semblait toujours confondu. Il ne sortit de sa stupeur que pour parler à un capitaine de ses gardes, auquel je l'entendis
répéter plusieurs fois le mot de *Bastille*.
On vint, l'instant d'après, me signifier de
me laisser conduire à cette forteresse,
d'où Louis XIII, immédiatement après la

mort de son ministre, me fit sortir sans
aucun interrogatoire, entretien, ni in-
formation, mais sous la seule condition
que vous savez.

De nouveau, elle nous parut bien
douce, et nous nous en félicitâmes. Un
seul point de ce narré tenait mon esprit
suspendu. Cette mère si tendre, si malheureuse, était-ce celle que mon cœur
désirait et soupçonnait ? Gardez sur cet
objet délicat un silence prudent, me dit
le baron ; livrez-vous, cela ne vous peut
être défendu, aux conjectures, aux souhaits ; tracez-vous encore, cela aussi vous
est permis, une innocente perspective de
félicité ; mais ne cherchez pas à éclaircir,
moins encore à soulever le voile que
posa la nécessité. Un jour, je crois pouvoir
le promettre, il se déchirera. Ne pensons
maintenant qu'au bonheur d'être réunis.

Mes enfans, continua mon oncle, chacun de nous, dans cette occurence, n'a
peut-être pas montré toute la circonspection possible ; mais la circonspection vient
du jugement, et nous avons suivi nos
cœurs. Le ciel, qui a jugé nos intentions,

a fait grace à l'imprudence de notre conduite; remerciez-le, et pour seconder ses
vues, que je crois manifestes, oublions
dans les charmes de l'amour et de l'amitié,
les projets de l'ambition et les ardeurs de
la vengeance. Quoique jeunes tous deux,
vous avez beaucoup vécu. Ce n'est point
par les années qu'il faut calculer l'âge,
mais par l'expérience; et cinq à six mois,
agités par le malheur, vous vaudront plus
d'un lustre de tranquillité. J'ai donc résolu
de vous unir... Un instant, Charles... sachez
mériter votre bonheur, en vous possédant.
Chacune des situations de la vie est une
leçon pour l'homme; et celui-là est vraiment digne de ce nom, qui reçoit du
même front l'une et l'autre fortune. Jouis-
sez de la félicité que je vous apprête, j'y
consens ; mais augmentez-en les charmes,
en la prolongeant par une sage économie.
Celui qui rapprocha vos berceaux, ne
voulut pas sans doute séparer votre lit
nuptial. Vous êtes nés pour vous rendre
mutuellement meilleurs, et conséquemment plus heureux. Par la prudente lenteur de ma fille, son jeune ami verra

modérer ses fougues impétueuses ; quelquefois aussi, l'aimable vivacité de celuici imprimera aux idées de sa cousine une activité nécessaire. De cette double et réciproque influence, résultera un accord charmant, qui développera insensiblement tous les germes de vertus, de talens et de bonheur, dont votre enfance recélait le trésor. Vous en serez les dispensateurs, et pourtant j'en jouirai, comme d'un bien amassé, fécondé par moi. Puissent des rejetons aussi bons, non moins aimables, multiplier bientôt les modèles des plus louables qualités, et récompenser ma vieillesse des soins que j'eus de vos premiers ans !

J'étais aux genoux de M. des Anglecourts, dont je pressai la main sur mon cœur ; Onézyme, colorée d'une pudeur ravissante, avait baissé ses longues paupières. Le vieillard ne pouvait se lasser de ce tableau.

Il décida, qu'aux premiers beaux jours du printems, je deviendrais, à la vérité l'époux de sa fille ; mais qu'à cette époque elle entrerait au couvent, pour y continuer son éducation; tandis que, confié à un gouverneur, ou peut-être même, sous les yeux de mon oncle, je visiterais les principales cours de l'Europe. Au terme de ces courses, durant lesquelles ma jeune compagne et moi entretiendrons un commerce suivi; toujours amant, fidèle époux, je reviendrais au sein de la confiance, et dans les bras de l'amour, mettre à profit les maximes de la sagesse et les leçons de l'expérience. Au surplus, notre départ pour la Bourgogne ne fut différé que de quelques jours.

Mon oncle voulut les employer en me faisant connaître ce que Paris enferme de merveilles. Cette ville étonnante était loin d'étaler alors la pompe et l'immensité auxquelles elle est parvenue sous le règne actuel. Telle qu'elle était cependant, préludant à sa grandeur, elle présentait aux yeux d'un jeune homme, mille objets dignes d'admiration. Par-tout on remarquait le génie de Richelieu: car de la même main qu'il faisait tomber les plus illustres têtes, il élevait les plus superbes monumens; comme s'il était dans ses projets, ou dans son destin, de marcher par le double chemin des crimes et de la gloire au temple de l'immortalité.

Personne n'ignore que ce ministre, qui se délassait des travaux de l'administration, par les charmes de la poésie, fit au grand *Corneille* l'honneur de le haïr et de le persécuter. L'examen critique qu'il commanda à l'académie française de faire de la tragédie du *Cid* est un triple monument de la jalousie de l'ennemi, de la sublimité du poète et de l'impartialité des censeurs. Tant que vécut le cardinal, on représenta peu cette pièce, hormis dans la ferveur de sa nouveauté. A peine eut-il les yeux fermés, que ce fut la première qu'on promit au public. M. des Anglecourts promit de nous y mener ; et pour éviter tout inconvénient, il fit louer une loge grillée, à laquelle je parvins, toujours sous mon déguisement, et la tête couverte d'un voile.

Jamais je n'avais vu de ces sortes d'assemblées ; je fus émerveillé de celle-ci.

Quelle brillante réunion de tout ce que la cour et la ville offraient de plus aimable et de plus grand! Dans les femmes, les unes attrayantes par leurs grâces ou leurs charmes, les autres remarquables par la somptuosité de leurs parures, ou la dignité de leur maintien. Dans les cavaliers, la gravité tempérée par l'élégance, et la décence, compagne de la gaieté. Au milieu de mes observations, des applaudissemens universels annoncèrent M. le dauphin. Ce jeune prince, qui venait de passer des mains des femmes dans celles de ses gouverneurs, se montrait pour la première fois au public; il était escorté des officiers de sa maison. Comme sa loge se trouvait presque vis-à-vis de la nôtre, je pus le contempler à loisir. Onézyme, frappée de son extrême ressemblance avec moi, m'en communiqua la remarque; pour moi, j'avais déjà fait celle qu'il en existait une, plus caractérisée peut-être, entre lui et la jeune Césarine, pensionnaire du couvent de Bourgogne. La forme des traits et le tour du visage sont presque les mêmes dans les trois

figures, continua ma judicieuse cousine;
mais les expressions sont bien différentes,
et il n'y a presque aucune ressemblance,
entre ce qu'on appelle *les physionomies*.
Celle de Césarine, animée par l'espiègle-
rie, se décompose avec une mobilité sur-
prenante; celle du dauphin a quelque
chose de calme, de sérieux et même
d'imposant. Il serait difficile d'être plus
beau sans doute; mais tant de gravité
ne sied pas à un enfant; et, ajouta-t-elle,
en me regardant, je lui préfère des yeux
tendres, un peu mélancoliques, et le de-
mi-sourire de la sensibilité.

La représentation commença. Le baron m'avait fait lire toutes les pièces que
M. Corneille avait publiées jusqu'alors, et
je savais presque tout le *Cid*. Mais quelle
distance, entre une lecture sèche, mono-
tone, et la chaleur de la scène! Que l'ac-
teur qui jouait *Rodrigue* me captiva! à
son brûlant amour pour *Chimène*, à son
dévouement pour un père, à sa bravoure
héroïque, je me reconnus. Que je plai-
gnis aussi cette noble et malheureuse
amante, forcée par l'honneur de pour-

suivre celui qu'elle adore ! Et qu'en pres-
sant la main d'Onézyme, éplorée à mes
côtés, nous nous félicitâmes de n'avoir
pas à subir de si cruelles épreuves ! Pou-
vions-nous prévoir celles que nous réser-
vait le sort ?

On a beaucoup écrit sur Corneille. Son
siècle, qui fut pour lui l'organe anticipé
de la postérité, le nomma *Grand*, et, par
ce titre, exprima l'idée qu'il se fesait du
génie de cet illustre poëte. En effet, si l'on
considère le nombre, l'étendue, la profondeur et la force de ses plans, la no-
blesse et l'intérêt des sujets qu'il a choisis,
la dignité et l'énergie des caractères qu'il
a tracés, la majestueuse singularité des
situations qu'il a établies, l'importance
des personnages qu'il a reproduits, et en
général la pompe et la magnificence dont
il a entouré Melpomène ; on conviendra
que jamais il n'exista de tête où les con-
ceptions dramatiques prissent des formes
plus imposantes et une couleur plus animée. D'un autre côté, si l'on examine la
hauteur de ses pensées, la chaleur de ses
dialogues et la fierté de son élocution, on

ne fera nulle difficulté d'avouer qu'il réu-
nît presque toutes les qualités qui con-
courent à former un poëte. Enfin, malgré
les taches qui le déparent quelquefois,
telles que l'exagération dans les sentimens,
la déclamation dans les raisonnemens, la
fausseté dans certaines pensées, les manières gothiques dans les tours, l'emphase,
l'enflure et l'hyperbole dans les expressions
(taches d'ailleurs, qui étant plutôt des
excès que des défauts, décèlent la ri-
chesse, l'abondance et la profusion d'une
imagination inépuisable), Corneille est un
génie rare, ou pour s'exprimer plus fran-
chement, unique. Voilà sommairement la
réputation qu'il s'est faite, et les jugemens
qu'on a portés de lui, en l'envisageant
sous les rapports purement poëtiques.
Mais n'est-ce pas manquer de discernement, que de faire descendre le grand
Corneille parmi les feseurs de poëmes et
de tragédies? A mon gré, cet homme est
bien autre chose. Demandez à Louis xiv, à
Richelieu, au marquis de Louvois, à
M. Colbert, au prince de Condé, demandez leur ce qu'ils en pensent? Ils répon-

dront, qu'il y a dans *Othon*, dans *Cinna*,
dans les *Horaces*, dans le récit du *Cid*,
dans le deuxième acte d'*Attila*, des trai-
tés complets de l'art des gouvernemens,
de transactions diplomatiques, de tacti-
que, et même d'évolutions militaires. Con-
sultez maintenant M. Pascal, l'évêque de
Meaux et le père Bourdaloue, sur l'incroyable complication du plan d'*Héra-
clius*, sur la vigueur de dialectique qui
éclate dans *Pompée*, *Sertorius*, *Rodo-
gune* : le philosophe dira qu'il y a moins
de violence et de profondeur dans ses
Pensées ; le prélat, qu'il y a moins de mé-
thode, moins d'enchaînemens et moins de
magnificence dans son *Histoire univer-
selle* ; le prédicateur, que la logique de ses
Sermons, les raisonnemens dont ils sont
tissus, les preuves dont ils sont appuyés,
sont moins serrés, moins nerveux, moins
irréplicables, moins invincibles. Dans toute
la hiérarchie des connaissances humaines,
les maîtres qui président à chacune de
leurs branches, apporteront leurs tri-
buts aux pieds de Corneille. Démosthène
a-t-il une harangue plus impérieuse que le

discours de Cornélie, que l'imprécation
de Camille? Sénèque offre-t-il des dissertations plus entraînantes, que la délibéra-
tion du second acte de *Cinna?* Est-il, dans
aucun sage et casuiste, une morale plus
épurée que celle de *Polyeucte?* Je ne veux
plus revenir sur cette intelligence surna-
turelle qui subjugue les plus rebelles esprits, au point de leur faire adopter comme vraisemblable et applaudir comme
merveilleux, les événemens les plus extraordinaires; mais je ne saurais quitter ce
grand auteur, le poëte des hommes d'état,
des philosophes et des héros, sans rappeler que s'il eût un successeur, dont l'esprit angélique mérite un trône; celui qui
plaça Chimène près de Rodrigue, Phocas
devant Léontine, et Cléopâtre en face de
ses enfans, celui-là mérite des autels.
Qu'on pardonne à mon admiration cette
digression d'un vieux rêveur prisonnier.

Nous quittâmes Paris par une de ces
belles matinées d'hiver, dont l'aspect eût
transporté d'enthousiasme un peintre de
paysages, et qu'il est très-agréable de

contempler du fond d'une diligence bien
fermée. Madame de Chevreuse, sans avoir
la permission de reparaître à la cour,
était demeurée dans la ville, comme pour
épier le moment où la mort du maître
lui rendrait les faveurs publiques de la
maîtresse. Notre train, sans compter les
postillons, ne se montait qu'à cinq personnes : M. des Anglecours, sa fille, moi
et Didier, dans la voiture ; car ce jeune
homme, par la tournure originale de son
caractère et par l'attachement qu'il me
montrait, s'était concilié celui du baron.
Germain galoppait aux portières, on
prenait les devants, pour préparer nos
relais.

J'étais en face d'Onézyme, que je n'a-
vais jamais vue si charmante et qui jamais
ne m'avait été plus chère. Dans les mouvemens du carosse, nos genoux enlacés
se pressaient, nos mains se rencontraient,
et ma bouche, suivant l'instinct de mon
cœur, s'avançait vers la sienne, mais n'ef-
fleurait qu'une joue, ce qui fesait sourire
le baron presqu'endormi, et railler le
Savoyard bien éveillé.

*3

A quelques lieues de Sens, et non loin de Joigny, au pied d'une montée assez roide, mon oncle, que le froid commençait à engourdir, proposa de descendre pour nous évertuer. Nous gravîmes en *zig-zag* les sinuosités de la colline, dont le sommet nous permit de découvrir un bassin magnifique. A droite, et presqu'à nos pieds, l'Yonne immobile et prisonnière sous une enveloppe de cristal; ses rives, blanchies par un vaste tapis d'albâtre, dont toutes les extrémités étaient comme frangées d'arbustes brillans de frimas. A gauche, plusieurs coteaux, dont les cimes, qui fuyaient à perte de vue, dessinaient les replis éblouissans d'une écharpe de neige. Plus loin, dans un enfoncement prolongé, plusieurs villages s'élevant en amphithéâtre, du milieu des groupes d'arbres desséchés et noircis; et sur notre route, à nos côtés, de jeunes pommiers sauvages, qui, de leurs branches tortueuses, suspendaient sur nos têtes des girandoles de glaçons. Sous une voûte d'azur, le soleil resplendissant versait avec ses rayons de riches amas de

pierreries; tout étincelait dans la con-
contrée ; et de longs triangles d'oies balancés dans les airs, ou des nuées de francs
moineaux, béquetant la neige pour y
trouver leur pâture, donnaient à ce tableau la vie et le mouvement.

Il y manquait des personnages : notre
bon ange nous en envoya un, auquel nous
n'aurions osé nous attendre. Sur la crête
d'un petit tertre, qui domine la rivière,
battu par tous les vents, est planté un
moulin, dont, malgré le tems propice,
les ailes restaient immobiles : au seuil de
la masure bâtie au pied, deux enfans, l'un
debout, l'autre accroupi, tous deux à
demi nuds et grelotant, sanglotaient,
soupiraient et avalaient leurs larmes. C'é-
taient la douleur et la misère, sous les
figures les plus touchantes. Nous leur
demandâmes la cause de leur chagrin :
ils venaient de perdre leur mère, morte
en couche, et allaient quitter leur père,
pour être conduits aux hôpitaux de
Sens ou de Melun. Nous franchimes la
porte : quel spectacle ! Dans un coin, un
bouge de paille affaissé sous le poids d'un

cadavre recouvert par un linceul sale et
déchiré; à deux pas, un paysan de moyen
âge, mal vêtu, sans chaussure, debout et
la tête inclinée sur son poing contracté;
plus loin, une vieille femme agenouillée
devant l'âtre, où son souffle épuisé ten-
tait de ranimer deux tisons ; enfin assis
sur une pile de sacs, un prêtre à cheveux
blancs, qui, à la lueur d'une lampe, ré-
citait les prières des morts. Nous étions
demeurés stupéfaits. Cependant mon oncle prit la parole et offrit ses services. A
sa voix, le prêtre tourne la tête, se lève
et s'avance vers le baron, qui reconnaît
Vincent de Paul. Nous restâmes partagés
entre l'admiration et l'étonnement. Quelle
rencontre inespérée! Ce digne homme,
retournant à pied, de Moulins à Paris,
où le roi l'avait mandé, s'était écarté pour
nous faire sa visite aux Anglecourts. En
traversant le village, d'où ce moulin dé-
pendait; il avait appris les malheurs du
paysan qui le faisait valoir, l'accouchement
de sa femme et son état dangereux. Il est
superflu d'ajouter qu'il avait accouru : le
père des pauvres s'était trouvé au milieu

des plus misérables de sa famille. La femme, dans la nuit précédente, était morte, précédée par son nouveau-né. Et en attendant Placide, qui était au village, tant pour avertir le curé, que pour en ramener une charrette, le père Vincent, par ses humbles et ferventes prières, répandait les consolations du ciel sur ceux à qui la terre refusait ses secours.

Ceux du baron ne pouvaient réparer la perte que le meunier venait de faire; du moins, ils l'adoucirent. Le bon Placide revint avec un âne, dans les paniers duquel on plaça les deux enfans qu'Onézyme avait réchauffés par quelques hardes. Dans cet équipage, il prit la route de Sens, muni de lettres de son maître et de mon oncle pour l'archevêque et les administrateurs de l'hôpital. Pour nous, après avoir vu partir le funèbre convoi, nous remontâmes dans notre voiture, où nous forçâmes le père Vincent d'entrer, et nous regagnâmes le chemin opposé. Le lendemain, par une matinée aussi brillante que celle de la veille, nous entrions dans l'avenue des Anglecourts, où madame Jobin, en robe fourrée, nous reçut à la tête de tous les domestiques.

Cette entrée, moins lugubre que la précédente, me sembla d'un heureux augure, puisque nous avions pour compagnon le vénérable père Vincent. Comme, à la suite des conversations qu'il eut avec mon oncle, il se décida à bénir notre mariage, on jugea convenable de l'avancer de quelques mois. Ainsi, à la grande satisfaction de toutes les parties intéressées, le jour où devait être fixé notre bonheur fut indiqué au huit janvier.

Ma charmante Onézyme avait alors un peu plus de seize ans et demi. Par un contraste singulier quoiqu'aimable, plus son caractère, aussi précoce que son entendement, montrait de maturité, moins on lui en eût supposé, à la considérer sous le seul rapport physique. Non qu'elle ne fût d'une taille bien prise, assez avantageuse et formée; mais parce que, dans le tour de son visage, il y avait quelque chose d'enfantin, qui, au premier coup d'œil, la mettait au-dessous de son âge. La

pureté des traits formait le caractère général de sa physionomie ; la délicatesse en
faisait les agrémens, la sérénité en était l'expression. Je n'ai jamais vu de figure plus
calme qui réalisât mieux l'idée qu'on se
peint d'une substance angélique. Elle riait
rarement, mais un doux sourire semblait
toujours rayonner dans ses yeux, et donnait
à sa bouche le contour le plus gracieux.
Certes, on peut être plus jolie, et sur-tout
plus belle ; il serait difficile de réunir un
plus grand nombre de ces graces qui sub-
juguent le cœur, sans troubler les sens.
C'était un mélange de naïveté aiguisée
par quelque chose de fin ; c'était une tendresse calme, un charme sérieux, auquel
il était impossible de résister. Un statuaire
se fût bien gardé d'en faire le modèle de
Vénus ; à son ingénuité, il l'eût peut-être
choisie pour une Hébé ; mais à sa candeur
sans apprêts, à ce je ne sais quoi d'inexprimable, qui s'exhalait pour ainsi dire
de ses moindres mouvemens, il eût deviné que, dans quelques années, il aurait
pu en faire une Minerve.

C'était donc à cette jeune Sagesse qu'on

avait résolu de soumettre ma folie. Il est
de fait pourtant qu'une mortelle demie-
année d'événemens et de réflexions en
avait un peu modéré les élans. Même,
comme on a pu le remarquer, durant le
mois qui suivit la vue de mon père égorgé
et presque tout le tems que je séjournai
à Paris, il s'était opéré dans mon caractère un changement notable. Les idées
sombres, les pensées vindicatives, ne s'é-
claircirent, que quand un destin plus ami
me ramena Onézyme. Aujourd'hui, que
la possession de sa main allait couronner
le don de son cœur, toute ma joie était
revenue. Je dis toute ma joie, mais non
toute ma gaîté; car, aux éclats bruyans
par lesquels je la signalais, avait succédé
un contentement intérieur, une satisfaction de l'ame, qui présage et garantit la
véritable félicité. Certain d'obtenir ma
cousine, quoique peut-être je le fusse
moins de la posséder, je me trouvais dans
cet état délicieux qui n'est plus le désir,
sans être encore la jouissance; dans cet
état, dont le charme ineffable peint vivement au cœur de l'homme la béatitude

céleste, autant du moins qu'il est permis
à sa faiblesse de la goûter. La douceur du
présent me rendait le passé sans regrets
et l'avenir sans inquiétudes. Une sédui-
sante imprévoyance jetait entre le temps et
moi les rians prestiges de l'illusion. Je
voyais Onézyme; tous mes souhaits étaient
comblés. Je lisais mon bonheur dans son
sourire, je respirais dans ses mouvemens,
je ne concevais pas une idée, qu'elle ne
l'eût devancée. O merveilleuse sympathie
des premières amours! Hymen sacré des
cœurs palpitant d'une tendresse virginale!
Puissance magique qui élève et subjugue!
Source des chastes voluptés, que n'altère
point la contagion des sens; ah! celui
qui, des lèvres seulement, effleura votre
coupe angélique, a-t-il le droit de se dire
malheureux?

Oui, oui, sans doute, il l'acquiert ce
triste privilège, lorsqu'il a perdu tant de
biens. Comme Orphée, qui n'embrassa
qu'un fantôme dans ce qu'il crut son
épouse reconquise, ne faut-il pas qu'il
gravisse les rocs escarpés, qu'il descende
sur les rives orageuses, pour regretter,

pour pleurer, pour redemander son trésor?... Ah! que me reste-t-il à raconter?
Pourquoi troubler, par les cris de l'an-
goisse, ce tableau si pur d'innocence et de
bonheur? Le bonheur! quel mot sans
idée, et quelle image sans réalité! Le
bonheur est semblable à la fontaine limpide, dont les bords fleuris et les tranquilles eaux attirent le voyageur altéré:
imprudent! au fond de ce bassin si calme
dort un dévorant reptile; prends garde à
son réveil!

Rafraîchissons nos sens et rendons à
nos idées un cours plus facile. Le voilà
arrivé le huit janvier, ce jour qui doit satisfaire tant d'intérêts, combler tant de
vœux; car l'on n'est point parvenu jusqu'en
cet endroit de mon récit, sans avoir démêlé que, si notre mariage contentait nos
jeunes cœurs, il entrait aussi dans les plans
de ceux qui faisaient mon destin. Il brille
donc de toute la splendeur d'un soleil
sans nuage et de tout l'éclat de notre joie.
Jamais madame Jobin n'avait paru si gaie:
pour la première fois de sa vie, elle ne
grondait pas. Le baron, il est vrai, me

semblait légèrement soucieux; mais je
n'attribuais cette sorte de préoccupation
qu'aux embarras inséparables d'une telle
fête. Didier lui-même, quoique bien nouveau commensal, montrait autant d'intelligence que de bonne volonté. Pour
éviter les questions de la curiosité, les
interprétations de la malignité, nous n'é-
tions d'ailleurs qu'en famille. Ceux qui
nous entouraient connaissaient la métamorphose de Caroline en garçon; et
nous n'avions à lire dans aucun regard
ni surprise ridicule, ni doutes insul-
tans.

Tout le jour, employé en riens char-
mans, s'était écoulé comme une minute.
A onze heures, au milieu du grand salon, où quelques mois auparavant, hélas!
j'avais contemplé un autre spectacle; autour d'une table splendide, nous recevons
le signal qui nous appelle au pied du sanctuaire. En y entrant, Onézyme, que son
père conduisit, pâlit et se pencha sur lui.
J'accourus; elle me rassura par un sourire.

Le vénérable Vincent, accompagné du

4.

curé, prosterné devant les saints autels, invoquait en faveur de deux cœurs ingénus, les anges protecteurs des mariages heureux. L'église, décorée de ses pompeux ornemens, resplendissait de mille feux. Madame Jobin, à laquelle je donnais la main, s'enorgueillissait de remplir dans cette cérémonie le rôle de mère. Une petite orgue prélude quelques accords bruyans auxquels succèdent des chants plus doux. Nous plions les genoux et nous prions.

C'était le père Vincent qui devait célébrer notre mariage; le pasteur dit la messe. Dans un instant de recueillement, où tout restait anéanti, en présence du Dieu descendu dans ses tabernacles, le silence fut interrompu par le murmure sourd d'une voiture qui ébranlait le pont-levis du château; à ce bruissement lointain succédèrent quelques coups de fouet claqués dans l'air, et que répéta la voûte de l'église. Cet incident si commun causa un peu de trouble parmi nous; Onézyme jeta sur moi un regard inquiet qui m'alarma.

Cependant cette légère terreur s'éva-
nouit bientôt. Nous avançâmes vers les
marches de l'autel; et là, à la face de
celui qui ordonne de tout, nous nous
promîmes amour mutuel, fidélité cons-
tante, secours et protection réciproques.
Vincent de Paul imposa sur nos têtes ses
mains paternelles; et aux émotions de mon
cœur, je ne doute pas que sa voix n'ait fait
descendre sur nous la bénédiction accordée à la postérité d'Abraham. L'orgue
exécuta des fanfares de triomphe; et nous
retournâmes au château avec un contentement inexprimable.

Germain, qui était resté, prévint le
baron qu'une voiture, attelée de quatre
forts chevaux, et escortée de six hommes
d'armes, venait d'amener deux cavaliers
qui demandaient à l'entretenir, et qui,
sur la nouvelle du mariage de sa fille,
avaient montré autant de surprise que de
mécontentement. Même, l'un d'eux, en
frappant du pied, s'était écrié : Nous
sommes arrivés trop tard; qu'allons-nous
faire? Le baron, dissimulant mal le trouble
que lui causait cette nouvelle, qu'impru-

demment Germain lui communiquait devant moi, ordonna qu'on ne lui présentât ces personnages qu'après avoir prévenu Onézyme de leur arrivée; et m'ayant tiré à part, il me lut un billet anonyme, qu'il avait reçu la veille, et qui concordait avec l'événement actuel. Dans cette missive, on l'avertissait que quoique, depuis la mort du cardinal de Richelieu, le roi eût laissé assoupir l'affaire pour laquelle il avait été mandé à Paris, ce prince cependant le faisait toujours surveiller exactement. On ajoutait que, comme S. M. ne verrait pas de bon œil le mariage de la jeune baronne avec l'orphelin, qui passait pour fils de lord Buckingham, il était prudent d'en suspendre la conclusion, du moins de le feindre, ou enfin de ne lui donner aucune publicité; surtout de n'en pas commettre la célébration au père Vincent, homme pieux, simple et bon, mais qui ne manquerait pas de rendre au roi un compte fort exact d'un événement auquel il aurait coopéré. M. des Anglecourts achevait à peine la lecture de cet écrit, que des clameurs perçantes sortant de la salle où l'assemblée était réunie, confirmèrent un malheur, dont je venais trop tard d'être menacé. Aux cris d'Onézyme, que je distingue parmi ceux des femmes éplorées, j'accours, je me précipite. Le salon nuptial commençait à se changer en champ de bataille. Quatre hommes d'armes, le sabre au poing, gardaient les avenues, tandis que celui qui paraissait leur chef, portait sur mon épouse ses sacriléges mains. Le baron était désarmé; moi, faisant briller mon épée, je veux pénétrer et arracher aux ravisseurs une si chère proie. J'eusse été bien secondé par les domestiques munis, en forme d'armes, de tout ce qu'ils avaient rencontré. Le sang allait couler; mais ces mots: *De par le roi!* proférés solemnellement par le chef de l'entreprise, firent fléchir tous les bras; il ne resta à la malheureuse Onézyme que des larmes. Elles auraient attendri les plus féroces brigands; elles parurent même opérer quelqu'émotion sur l'âme des agens du despotisme; mais il fallut céder à la force et à l'autorité. Mon épouse évanouie, presque morte,

fut transportée dans le carosse, parée encore des guirlandes de son fatal hyménée,
comme une victime qu'on traîne au sacri-
fice ; le baron était tombé à genoux, les
mains tendues vers sa fille ; la salle reten-
tissait de cris et de gémissemens, et malgré les exhortations du père Vincent, qui
ne me perdait pas de vue, les soins de Germain. et de Didier qui contenaient mes
transports, je passais du désespoir à la rage
et de la fureur au délire. Deux heures s'é-
coulèrent dans ce cruel état, au bout desquelles on me porta sans mouvement dans
mon lit. Pour madame Jobin, frappée tout
à coup d'apoplexie, elle avait perdu le
sentiment, dès le commencement de cette
horrible scène ; et malgré de prompts secours, on crut qu'elle ne respirait plus.

. . . .
. . . .

Oui, l'être déplorable auquel on a donné
le nom d'homme ; cet être né de la corruption , fut, dès son origine, marqué du
sceau du crime. Et le crime engendre le
malheur, qui le reproduit à son tour. Voilà
l'élément empoisonné qui nous fait vivre
et qui nous tue. Si la vertu nous était na-

turelle, si le bonheur n'était pour nous un
état forcé, montrerions-nous tant de constance à souffrir? De constance? Je m'é-
gare et fais trop d'honneur à notre substance perverse! Oh! que ce n'est pas le
courage qui soutient tant d'âmes meur-
tries: c'est une insouciance apathique,
dont il a plu à la vanité philosophique de
faire une qualité louable; ou plutôt, c'est
que l'instant de notre chute dans le dernier creux de l'abyme, nous rend à notre
origine et à l'immobilité. Quand on est à
terre, on ne peut plus tomber.

Serait-il bien vrai, cependant, qu'une
situation perpétuellement douloureuse,
fût analogue à notre nature? D'une doc-
trine aussi désolante, n'est-il pas à craindre que le méchant n'en conclue l'anéan-
tissement ou la méchanceté d'un Dieu?
Et, dans l'un ou l'autre cas, n'est-il pas
à redouter que, pour augmenter ses jouis-
sances, il ne redouble nos tourmens? con-
séquence terrible qui doit nous faire pros-
crire cette morale d'enfer et rechercher
ailleurs la source de nos maux.

La source de nos maux est dans l'es-

time où nous tenons les biens de la vie.
Tout de chair et de sang, nos misérables
cœurs ne font cas que des émotions qui
les chatouillent; ils ont horreur de celles
qui les déchirent: celles-là seules cependant les éprouvent et les épurent; et l'appétit de volupté qui halète au fond de ces
plaies, devient, en quelque manière, la
voix dont se sert le ciel pour nous présager
de meilleurs destins.

O vous donc, que de son fouet sanglant flagelle la misère! détournez vos
regards de son impitoyable main, et por-
tez-les plus haut. De-là bientôt jailliront
sur vos blessures des sources de lait; là,
celui dont le plus auguste attribut est la
justice, à vos peines saura mesurer votre
félicité. Ah! si de ces songes enchanteurs
on ne devait pas se réveiller, qui en eût
inspiré la chimère? L'enfer, peut-être,
n'est que le désespoir; et en un mot,
l'homme fut créé pour le bonheur, puisqu'au milieu de ses suplices il lui reste
l'espérance.

Aux plaintes amères, aux reproches
impies, aux objections criminelles que

m'arrachait la perte d'Onézime, telles
étaient les réponses du doux et persuasif
Vincent de Paul. Il parlait sans art, avec
une familiarité pénétrante, qui, sans chercher à renverser les obstacles, s'insinuait
au milieu d'eux, et les ébranlait sur leur
terrain. Dans les lignes que je viens de tracer, j'ai conservé son esprit, mais non son
onctueuse simplicité ; l'aspect de ces bar-
reaux devant lesquels j'écris, s'il jette dans
l'âme un jour sombre et des pensées sinistres, donne également au style des
tours étrangers et d'autres couleurs. Toutefois, plus je me montrerai singulier,
fantasque, inégal, mieux j'aurai peint le
caractère factice, qu'à un naturel aimable et facile, a substitué la persécution.

Une maladie grave succéda à mon accident, et fut elle-même suivie par une
langueur accablante qui prolongea tout
l'hiver ma triste convalescence. L'excel-
lent père des pauvres, qui avait obtenu
du roi la permission de rester quelques
mois parmi nous, voulut joindre à ce titre
celui de consolateur des affligés. C'était

en partie à ces soins que ma nourrice devait son retour à la vie ; ce fut aussi à eux que je dus celui d'un peu de tranquillité. L'infortuné baron semblait la partager : jamais son visage ne me montrait les chagrins de son âme ; mais quelquefois, dans une allée solitaire, ou dans des réduits écartés, je le surprenais essuyant ses yeux. Alors, par un mouvement involontaire, nous nous précipitions dans les bras l'un de l'autre, et nous fondions en larmes. Le père Vincent arrivait sur ces entrefaites, nous grondait doucement, pleurait avec nous ; et nous allongions nos promenades en parlant d'Onézyme.

Elle avait été enlevée par ordre exprès du roi, et conduite dans un couvent dont le nom avait été caché à son père. Défenses formelles lui avaient été signifiées de chercher à le découvrir. Seulement, le premier de chaque mois, on voyait arriver un inconnu, chargé de lui remettre les lettres de sa fille et de prendre les siennes. Les unes devaient se borner à parler de choses indifférentes ; aux autres il était prohibé de faire des questions indis-

crètes: toutes, d'ailleurs, se rendaient ouvertes. Dévoré du besoin de voir Onézyme, je n'avais pas manqué de tenter de
connaître son séjour; et l'actif Didier
m'avait parfaitement secondé à cet égard.
Comme un voyageur indifférent, il avait
suivi le commissionnaire périodique jusqu'à Paris; et là, sous les habits d'un ramoneur, il avait continué sa trace pendant deux jours, sans cesse posté à la porte
de son domicile, ne prenant presqu'aucune nourrriture et point de repos. Au
matin du troisième jour, le mystérieux
messager, monté dans une voiture de
louage, était sorti de la capitale par la
barrière du midi. Didier, prétextant l'ur-
gence d'un voyage de ce côté, avait obtenu, en payant le double, une place
auprès de lui. Mon confident, communicatif et jovial, n'avait pas manqué d'en-
tamer une conversation pour amorcer la
connaissance; mais il avait affaire à un
homme morose, taciturne, qui dormait,
rêvait et ne répondait pas. Le Savoyard
opiniâtre ne s'était point rebuté. Celui
qu'il guettait, descendu à Fontainebleau,

s'était enfoncé dans la forêt, et avait pénétré jusqu'aux murs d'une abbaye de
Clarisses, où il avait été reçu. Tels étaient
les détails que m'écrivit ce jeune homme
qui attendait à Fontainebleau nos ordres
ultérieurs. Si je n'avais consulté que mon
impatience, malgré ma maladie, j'aurais
volé sur ses pas. Du moins, je voulais lui
mander d'ajouter à son entreprise de nouvelles tentatives pour se manifester à Onézyme : mais le baron, plus prudent, me fit
comprendre le danger que, même en
réussissant, il pourrait causer à sa fille ;
et ce motif, plus puissant que le désir, me
contraignit à ajourner mon projet jusqu'à
ce que je pusse moi-même présider à son
exécution. Didier fut donc rappelé.

Le retour du printemps fut celui de
ma santé ; la nature, la jeunesse, l'espérance, l'emportèrent sur les chagrins de
l'âme et l'agitation des humeurs. En attendant qu'un sort plus doux me rendît
mon amie, j'allais rêvant à elle dans
tout le domaine des Anglécourts. Sous
prétexte de rétablir mes forces, je quit-
tais la maison dès le matin, et parcou-

rais tous les lieux qu'elle avait parcourus.
En était-il aucun qui ne la retraçât vivement à mon cœur? Vois, disais-je à
Didier, mon compagnon fidèle; c'est
sous ce toit rustique, dans cette maison-
nette, que nous passâmes nos premiers
ans. Voilà le berceau, où elle et moi,
dormions joue contre joue, aspirant déjà
l'amour, et nous accoutumant à respirer
du même souffle. Ce fut moi qui plantai
ces rosiers; c'était Onézyme qui les arro-
sait. Ici tout me la rappelle et la montre
à mes souvenirs, sans la rendre, hélas!
à mon attachement! Que fait-elle loin de
moi, de son père, de ses amis? Tout le
monde est le sien, je le sais; avec son
caractère angélique, qui ne l'adorerait?
Mais l'amitié suffit-elle à son cœur? Qui
d'ailleurs sait l'aimer comme moi?

Je voulus tromper mes regrets, en les
amusant. S'ils avaient pour objet le plus
récent, mon incomparable Onézyme,
sa privation ne me faisait point oublier
un père; elle m'en rendait, au contraire,
la perte plus sensible, en y ajoutant celle
d'une épouse. Je résolus de les consacrer

toutes deux, par un monument, à la fontaine du bois. Là, souvent près de mon
amie, j'avais pris le plaisir du bain; là,
avec elle, j'avais recueilli des plantes, ou
je m'étais livré à des jeux innocens; là,
enfin, pour la première fois, j'avais prononcé le doux nom de père et obtenu
celui de fils. Que de souvenirs attachés à
cet endroit! Une grotte de rocailles se
forma pour les perpétuer. Sur le penchant de cette grotte, à l'ombre des mû-
riers sauvages et des azéroliers, on éleva
un pavillon rustique, ou plutôt une chau-
mière, que je décorai d'ameublemens
chéris. Tout ce qui avait appartenu à mon
épouse y fut transporté. J'y suspendis son
portrait, en regard du mien, sous celui
du baron, entre ceux de l'infortuné
Buckingham et de sa non moins malheureuse amie. C'était au milieu de ces ima-
ges adorées, que s'écoulaient mes jours
dans les réflexions et mes nuits dans les
larmes. La tendresse paternelle du baron,
les soins de madame Jobin, les services,
le zèle et même l'originalité de Didier;
rien ne pouvait me consoler. La passion,

aigrie par les regrets et par la solitude, fermentait impétueusement dans mon sein. La présence du P. Vincent, parti depuis quelques jours, n'en contrariant plus l'essor, je communiquai à mon domestique le projet suivant.

A l'insçu de M. des Anglecourts, il s'agissait de nous munir tous deux d'un costume savoyard, et sous ce déguisement, de nous introduire dans l'abbaye qui recélait Onézyme. Il était tout simple de calculer sur quelques cheminées à nettoyer; Didier n'avait point oublié son ancien métier; et une fois les premières barrières franchies, quelque circonstance heureuse ferait le reste.

Une idée en éveille une autre. Il me vint celle de me ménager une entrée plus certaine et plus décente, par un moyen plus facile. Dans les longs jours de ma convalescence, je portais souvent jusqu'au monastère de madame Sainte-Restitue mes pas ennuiés. Cette bonne religieuse me plaignait; elle se plaisait d'autant plus à m'entretenir, qu'elle me trouvait dans l'esprit une tournure ro-

*.4.

manesque assez analogue au sien. J'allai
la voir, et sans lui rien communiquer de
mon dessein, je lui demandai une lettre
de recommandation pour l'abbaye de
Fontainebleau. Une jeune personne de
notre connaissance, lui dis-je, doit y
entrer en qualité de pensionnaire. De
pensionnaire, répliqua-t-elle, cela m'é-
tonne; car on n'y reçoit que par des ordres supérieurs, et en qualité de prisonnière d'État. Cette réponse faillit me dé-
concerter; mais réprimant un peu de
trouble, je ripostai que malgré ma prudence, elle avait deviné un secret que je
tremblais de laisser échapper; qu'en effet,
on avait obtenu contre la demoiselle,
pour laquelle je l'intéressais, un acte de
l'autorité, et que, de la maison paternelle où elle vivait fort retirée, on allait
la transférer aux Clarisses de Fontainebleau; qu'au reste, sans entrer dans aucuns détails, elle pouvait répondre de la
douceur de son caractère et de ses principes de subordination. Madame Sainte-
Restitue me dit qu'il y avait plus de quinze
ans qu'elle avait cessé de correspondre

avec une dignitaire de ce couvent, nommée Mad. *Sainte-Ursule*; mais qu'en ma considération, elle allait lui écrire; et que, si cette religieuse vivait encore, elle était sûre du bon effet de sa recommandation. Je quittai le parloir, en donnant à mes pensées une extension plus vaste.

On n'était admis aux Clarisses de Fontainebleau que par ordre supérieur, et en qualité de prisonnière d'État! Nul doute qu'Onézyme y eût été conduite, puisque la destination de ce monastère s'accordait avec le voyage du messager mystérieux. Il fallait donc y pénétrer. Mais ce n'était, ni sous les haillons d'un savoyard, et ce ne pouvait être comme pensionnaire. Cependant, par quels moyens obtenir, ou comment fabriquer un ordre ministériel? L'un était impossible, l'autre semblait difficile, sans parler des retours fâcheux auxquels il pouvait m'exposer. Sans prévoir jusqu'où s'étendraient ces difficultés, ni si jamais je viendrais à bout de les vaincre, je m'acheminai vers le couvent, où je demandai madame Sainte-Restitue.

Voici, me dit-elle d'un ton de confidence, une aventure extraordinaire, et qui tiendrait fort bien sa place dans un roman. Vous connaissez notre petite Césarine, cette aimable espiègle, qui fait les délices de notre maison, et qui vous ressemble tant? — Hé! bien? — Hé! bien, on nous l'enlève. A l'heure que je vous parle, un ordre du ministre la transporte aux Clarisses de Fontainebleau. — Cela peut être fâcheux pour elle et même pour vous; mais je ne vois pas ce que cet événement peut offrir de surnaturel? — Comment, vous ne le voyez pas? Ne demandiez-vous point une lettre de recommandation pour une demoiselle de la connaissance de M. le baron? — Cela est vrai. — Cette demoiselle ne se nomme-t-elle pas *Félicie des Almonts?* (c'est le nom sous lequel j'avais parlé de notre prétendue protégée) — C'est encore vrai. — Hé! bien, Césarine devant la précéder de quelques jours, non seulement je l'ai prévenue que sous peu il lui arriverait une charmante compagne, mais je lui ai remis la lettre de recom-

mandation écrite à la mère Sainte-Ursule,
en faveur de cette dernière. Jugez combien votre demoiselle Félicie sera surprise et ravie? Elle croit trouver dans une
prison des visages inconnus ; point du
tout : on la nomme, on lui sourit, on
la choye, on la caresse ; c'est charmant.
Mais, qu'avez-vous donc? vous semblez
tout rêveur : est-ce que vous n'êtes pas
de mon avis ?

La bonne religieuse aurait pu parler
long-temps, sans qu'il me prît fantaisie de
l'interrompre. J'admirais à la fois la bi-
zarrerie de mon étoile qui envenime,
pour moi, jusqu'aux intentions de la
bienveillance, jusqu'aux prévenances de
l'amitié ; et la singularité de cette rencontre, qui place mon destin entre les
mains d'une étourdie et sur les lèvres
d'une indiscrète.

Un second coup d'œil sur la situation
des choses, me les montra moins déses-
pérées ; car outre que la jeune Césarine,
servant de précurseur à la fausse Félicie,
ne pouvait lui nuire, il n'était pas impossible non plus que le concours plus di-

rect de cet espiègle me fût plus véritablement utile. Rejetant donc ma distraction sur mes chagrins habituels, je me
hâtai de prendre congé de madame
Sainte-Restitue, non sans l'avoir félicitée
sur son habile prévoyance à concerter des
rencontres de roman.

En traversant une portion de la forêt,
j'eus le temps de combiner mon plan.
Nous partons ce soir, dis-je à Didier; il
n'y a pas un moment à perdre. Place
dans un porte-manteau ce qui est indispensable, et tiens deux chevaux prêts à
neuf heures. Didier, qui outre les qualités que je lui ai reconnues, possédait
aussi la prudence, ne s'informa de rien
et obéit. A neuf heures moins dix minutes, les chevaux sans selle, ni harnois,
furent conduits à la fontaine, par Didier,
en veste d'écurie : toute la maison, le
baron qui le rencontra, eussent parié
qu'il les menait boire. En moins de rien,
ils furent sellés. Mon domestique, expé-
ditif dans sa toilette, en enfourcha un;
je montai sur l'autre, et, en quelques

minutes, nous avions perdu de vue le donjon des Anglecourts.

Mais ce n'est pas tout que de courir, il faut arriver. En faisant manger un picotin à nos montures, j'exposai sommairement à Didier mon projet et mes moyens. Avec son bon sens ordinaire, il en releva les parties faibles et me fit quelques objections. Je rectifiai certaines données, et nous reprîmes le galop.

Je n'ignorais pas que l'équipage ministériel qui transportait Césarine, des forêts de la Bourgogne dans celle du Gâtinois, quoiqu'attelé de quatre forts chevaux des écuries royales, n'allait qu'un train modéré et à petites journées, car on réglait sa marche sur celle des hoquetons, accoutumés à ne faire que quelques lieues par jour. Si bien que, dès le deuxième, nous les avions atteints. Didier, causant avec un *traîneur*, avait appris, qu'avant de déposer la demoiselle à l'abbaye, dont ils étaient encore à neuf lieues, ils passeraient la nuit dans le village dont à cette distance, on apercevait le clocher. Pour l'atteindre, il ne nous fallait que quelques temps de galop. Auparavant, j'aurais voulu me faire reconnaître de Césarine ; mais outre qu'elle était escortée d'une manière formidable, Didier me fit sentir qu'il y aurait des inconvéniens à montrer de trop près ma figure doublement remarquable ; ce qui fit que nous passâmes outre, et arrivâmes deux heures avant le cortège.

Descendu à l'auberge où il devait loger, je me décidai à commencer le jeu de mes batteries ; et pour y parvenir, un peu d'aide du basard me fit grand bien.

L'hôtellerie était considérable ; mais les principaux appartemens étant retenus pour les agens ministériels, mon domestique et moi exceptés, on n'avait accueilli personne. Encore eussions-nous été obligés de chercher gîte ailleurs, sans une petite servante, qui, dans son patois provençal, offrit sa chambre à *ces messieurs*, pour qu'on ne renvoyât pas de *si aimables voyageurs*. Ce galant propos avait été accompagné d'un coup d'œil non moins gracieux, qui d'abord avait glissé sur moi, pour tomber d'à-plomb sur mon valet. J'ai dit précédemment que Didier portait un de ces visages avenans, qui peignent la bonne humeur et l'inspirent. Je ne fus pas long-temps sans me convaincre que la Provençale l'avait trouvé à son gré. Elle allait sans motif, revenait sans nécessité, nous adressait la parole sans à propos, et ne perdait pas un geste de Didier, auquel elle lançait force œillades. Ce jeune homme, à qui tout ce manége était encore étranger, mais qui trouvait la servante gentille, redoublait de gaîté et de saillies. Je le pris à part, et lui fis comprendre qu'il fallait tourner sa bonne fortune au succès de notre entreprise. Il m'entendit à merveille, et sous un prétexte assez vain, il monta dans la chambre qu'on nous avait destinée, après avoir fait un signe à *Nicette*, qui l'y suivit incontinent.

Je courus sur leurs pas, et préludai, en sens inverse de ma pensée, c'est-à-dire par quelques folies, que j'engageai avec la petite Provençale. Elle était vive, mutine, alerte, jeune, fraîche, et je crois

facile. Je commençais, en folâtrant, à
me rappeler que je n'avais que seize ans,
comme à oublier qu'ils n'étaient plus à
moi, lorsque certaine raillerie un peu
caustique de monsieur Didier me rendit
la raison. J'en parlai le langage à Nicette;
et profitant de l'espèce d'ascendant que
la familiarité venait de me donner sur
elle, j'exigeai qu'elle nous servît de tout
son pouvoir. Quelques pièces d'or, que
je glissai dans sa main, qu'en dépit de
la cuisine, elle avait douce et blanche;
mieux encore peut-être les instances et
un baiser bien appuyé de Didier ne lui
laissèrent ni objection, ni réplique. Il fut
convenu, premièrement: qu'au préjudice
de mademoiselle *Flipotte*, première servante de l'auberge, qu'on occuperait
d'autre chose, ou qu'on séduirait au
besoin, elle se chargerait seule du service de Césarine, soit que celle-ci fût
accompagnée d'une femme de chambre,
soit qu'elle n'en eût pas; en second lieu,
qu'au moyen de quelques gouttes assou-
pissantes, dont l'hôte, qui était tourmenté
de la sciatique, faisait usage pour se

procurer une heure de repos par nuit,
elle mettrait monsieur le capitaine des
hoquetons dans l'impossibilité de nous
contredire; troisièmement, qu'au lieu de
piquette, ou de vin de Surêne et de Bré-
quigny, dont ledit capitaine abreuvait
ses gens, on leur verserait du meilleur
bourgogne, tempéré, s'ils l'exigeaient,
de champagne blanc, en guise d'eau de
rivière ou de source; pour la quatrième
clause enfin, Nicette, une lanterne sourde
à la main, nuds pieds, viendrait, quand
tout reposerait dans l'auberge, me prendre de ma chambre, pour m'introduire
dans celle de Césarine, prévenue par un
billet, que je traçai sur-le-champ. Je
voulus sceller ce traité par quelques baisers; mais la Provençale me repoussant:
tout ou rien, me dit-elle; je ne sers qu'un
maître, et ne voudrais pas d'amant qui
eût deux maîtresses. Est-ce qu'on n'est
pas faite pour mériter un cœur tout entier,
ajouta-t-elle, en tournant les yeux sur
Didier et en les baissant aussitôt? Le
mien est à mon amie, répondis-je, et si
tu me sers, tu occuperas dans celui de

5.

nous tous la place qu'on doit à la reconnaissance. Au reste, ajoutai-je à mon tour
en prenant la main de la petite personne
qui commençait à trembler un peu, et
en souriant à Didier, je connais quelqu'un
qui se chargera volontiers d'acquitter ma
dette, et je parie que Nicette le connaît
aussi. Elle se dégagea en riant, et je restai
avec Didier, qui me parut un peu pré-
occupé.

Cependant toute distraction cessa quand
il fallut agir. Les choses se passèrent à peu
près comme elles avaient été projetées.
Césarine, que son enlèvement mettait
d'une humeur horrible, reçut mon billet
avec surprise, le lut d'abord sans le comprendre, le relut avec attendrissement,
et se jeta, tout en larmes, dans les bras
de Nicette. Ils veulent me faire mourir,
s'écriait-elle en frappant du pied : voilà
trois mortelles journées que je roule enfermée dans une boëte, sans voir le jour,
sans respirer l'air, et n'ayant pour société,
ajouta-t-elle en les montrant, que ces
détestables moustaches. Mademoiselle,
avait répondu gravement le capitaine, en

relevant la sienne, pour des injures, tant
qu'il vous plaira, si cela vous soulage;
mais pour la liberté, impossible, vous le
savez. Impossible? avait repris Césarine:
oh! pour cela, nous verrons! Puis, malgré son étourderie, sentant que l'indiscrétion pouvait la perdre, elle avait regardé tendrement Nicette, lui avait pris
les mains, et l'avait renvoyée, en lui pro-
mettant d'être docile. Le capitaine, qui
vidait une bouteille avec son brigadier,
avait levé les épaules à toutes les bizar-
reries de sa petite prisonnière.

Du reste, ce même capitaine ayant
accepté le souper auquel Césarine, revenue
à la joie, l'avait invité, venait de céder
à l'effet des gouttes soporifiques. On l'avait
transporté, tout endormi, dans l'antichambre, sur des matelas qu'auraient dû
occuper les hoquetons de son escouade;
mais, de leur côté, ces messieurs exécu-
taient fidèlement le troisième article de
nos conventions. Césarine était si impa-
tiente de concourir au dernier, que sans
les observations de Nicette, je n'aurais
point eu la peine de me rendre dans son

appartement. J'ai oublié de faire observer
qu'elle était accompagnée d'une vieille
gouvernante quinteuse, malade et cha-
grine, que la privation d'air, la longueur
du voyage et les mouvemens de la voiture
avaient tellement fatiguée, qu'il avait
fallu, à son arrivée, la déposer dans un
lit. Là, munie d'un consommé, elle répa-
rait ses forces et ne nuisait pas à nos
affaires.

Je ne perdis pas le temps en verbiage;
les instans étaient précieux pour Césarine,
comme pour moi. Elle savait mon mariage;
je lui appris l'enlèvement de ma femme,
dont elle avait ouï parler vaguement; je
lui proposai mon projet. Il consistait en
une opération bien simple, bien facile, et à
laquelle le hasard d'une grande ressemblance donnait toute possibilité : il s'agissait de me substituer à Césarine, sous ses
propres habits, et de m'introduire, en
qualité de prisonnière, dans le couvent
où gémissait Onézyme, tandis qu'en costume masculin, que je lui procurerais,
Césarine reprendrait le chemin des Anglecourts, irait tranquilliser le baron et

vivre en hermite à ma place. Mon dessein,
trouvé admirable, applaudi à outrance,
et qui convenait si bien à nos intérêts res-
pectifs, fut aussitôt exécuté. Par les soins
de Nicette, Césarine, sous ses rideaux,
fit une demi-toilette de garçon qui re-
doubla son air éveillé. Elle courait, comme
une franche étourdie, de sa chambre
dans celle où ronflait le capitaine, à qui
elle soufflait des camouflets, tandis que
je prenais, avec les ajustemens féminins,
la décence qui doit ne jamais les aban-
donner. Nous eûmes bien de la peine
à mettre un terme aux folies de Césarine, que cependant Nicette parvint à
emmener. Didier se chargea de la reconduire aux Anglecourts et promit de
venir me rejoindre ensuite; et quant à
la gouvernante, il fut décidé qu'on la
laisserait dormir, comme l'on dit trivia-
lement, *la grasse matinée*, à moins que
le capitaine n'en ordonnât autrement.
Toutes choses étant ainsi réglées, je me
glissai sous les couvertures qu'aurait dû
occuper Césarine; et là, rêvant au contentement que je me préparais, j'attendis

sans impatience le moment du départ.

Il y avait déjà long-temps que luisait le jour, et, malgré moi, je m'étais assoupi, quand le capitaine s'éveilla. J'omets sa surprise, ses exclamations, ses inquiétudes. Elles ne se calmèrent qu'après qu'il se fût assuré qu'elles étaient mal fondées, et qu'il n'y avait eu ni tentatives d'évasion, ni le moindre dérangement. Nicette, qui entra pour m'habiller, me fit beaucoup rire, en me racontant les scènes auxquelles avait donné lieu l'ivresse des hoquetons. Tant bien que mal cependant, ils venaient tous de monter à cheval; et la voiture étant préparée, j'y entrai, couverte d'un voile. En jetant les yeux sur une glace levée, je remarquai Césarine, qui, d'un petit air triomphant, faisait caracoler mon cheval à la portière. Didier riait de ces espiégleries de page, qui ne finirent que quand notre carosse s'ébranla. Comme le capitaine s'était à peine aperçu de l'absence de la gouvernante, je m'étais contenté de la recommander à Nicette, qui devait la retenir jusqu'au retour de Didier, chargé de la reconduire, s'il le fallait, dans les bras de son élève. Ce fut dans ces dispositions, que vers la mi-matinée d'un beau jour de mai, je fis mon entrée dans les murs des Clarisses de Fontainebleau.

On peut juger si le cœur me battait. Je descendis dans un parloir intérieur, où me reçurent toutes les vénérables rangées en demi-cercle. Quand je levai mon voile, elles firent un concert d'applaudissemens. Qu'elle est jolie! quels beaux yeux! quel air de distinction! Une mère discrète observa que je n'avais pas l'allure aussi étourdie qu'on le disait; et l'abbesse, en me donnant sur la joue un petit revers de la main, me conduisit dans mon appartement. En traversant un long cloître, de vastes portiques, des corridors à perte de vue, un jardin spacieux, je guettais des yeux si le hasard propice ne m'offrirait pas Onézyme. Je n'osais faire aucune question directe; mais j'amenais insensiblement la conversation sur les personnes que j'avais connues au couvent de Bourgogne. Je nommai mademoiselle des Anglecourts. N'est-ce point une jeune

personne mariée à un inconnu, demanda
étourdiment une religieuse, dont la
figure rebondie présageait la complaisance en même temps que la santé ? Mère
Sainte-Ursule, dit sèchement l'abbesse,
sans me laisser l'instant de placer ma
réponse, retournez chez moi; ayez l'œil
à la collation, et prenez garde à mon
chocolat de demain : vous l'épaississez
toujours trop. La religieuse s'inclina et
nous quitta; mais je venais d'apprendre
trois choses : que mon épouse n'était
point ignorée dans le monastère, ce qui
me permettait de présumer qu'elle y était
ou y avait séjourné; que la mère Sainte-Ursule vivait, et que, malgré son âge mûr,
elle n'était pas un modèle de discrétion.

Après avoir pris possession de ma
chambre, qui me parut fort agréable, je
descendis chez madame l'abbesse, où
m'attendait un charmant ambigu de fruits,
de pâtisseries et autres friandises monas-
tiques. On m'excita à manger, à parler
avec confiance. Je vis que Césarine était
recommandée et qu'on voulait savoir
son histoire. Je fis la réservée par néces-

sité, ce qui fit dire à l'abbesse : Cela est tout particulier ; le caractère de cette jeune personne ne ressemble pas plus à celui qu'on lui donne dans cette lettre, que sa figure ne répond à ce signalement. Voyez donc, mes sœurs, ajouta-t-elle, en leur présentant l'une et l'autre pièce, n'est-ce pas là une énigme à deviner ? En effet, dit une des religieuses, on représente mademoiselle comme fort aimable, ce qui semble vrai, et comme fort espiègle, ce que je crois très faux. Ah ! madame, dis-je en soupirant, le malheur change les caractères, et le trajet que je viens d'essuyer.... Oui, interrompit une vieille religieuse qui, lunettes sur le nez, comparait le signalement de Césarine avec ma personne; oui, le malheur change le caractère, mais il ne change la couleur ni des cheveux, ni des yeux. Vous êtes blonde, vous avez de grands yeux bleus; et ici, on vous fait brune avec des yeux noirs ; d'où provient une pareille méprise ? On ne s'avise jamais de tout. Cet examen, que je n'avais pas prévu, m'embarrassa; je baissai les pau-

pières en rougissant, et cherchais une
réponse, quand le souvenir du portrait
que m'avait montré Césarine, le jour de
notre première entrevue, vint, en me
frappant, me rendre la tranquillité. Cette
étourdie, en échangeant ses habits contre les miens, m'avait aussi abandonné
ses poches; dans ces poches se trouvait
un porte-feuille, et dans le porte feuille
mon portrait; car on n'a pas oublié que
c'était le mien ou celui d'une figure à laquelle la mienne ressemblait parfaitement. Je le fis voir aux religieuses, qui
l'admirèrent, et qui convinrent que le
rédacteur de mon signalement avait fait
autant de bévues que l'auteur de ma
miniature avait prouvé de talent.

Trois jours se passèrent à visiter la
maison, à faire connaissance avec les religieuses, à prendre certaines habitudes
de communauté. Mais point de nouvelles
d'Onézyme. J'avais déjà touché quelques
mots de madame Sainte-Restitue à son
ancienne amie, la mère Sainte-Ursule;
mais c'était en présence de l'abbesse ou
d'une compagne. J'aurais voulu lui parler

tête à tête; je n'avais pas été, sans m'apercevoir, qu'à un génie très borné, cette
religieuse joignait un naturel obligeant,
mais sans consistance. C'était ce qu'on
appelle vulgairement une *bonne pâte* de
fille, dont il ne m'eût point été difficile
de mettre à profit la complaisance; mais
encore une fois, il fallait la rencon-
trer seule; et l'abbesse, qui se défiait de
sa langue, l'abandonnait rarement.

Ma cellule, qui ouvrait sur un long
dortoir, avait sa fenêtre sur le jardin, ce
qui lui donnait une perspective très riante;
car ce jardin, magnifiquement décoré et
bien entretenu, était limité dans toute
son enceinte par les arbres majestueux de
la forêt; ce qui prolongeait son étendue
au gré de l'imagination. Un soir, que
j'admirais ces aspects, songeant à Onézyme, qui, peut-être, à quelque distance,
jouissait aussi de leur vue, j'entendis un
froissement de feuillages dans le berceau
de charmille planté sous mes fenêtres; et,
presque au même instant, je vis une petite
lumière qui se dirigeait obliquement vers
une porte pratiquée dans un coin du jardin.

Plein du pressentiment que cette démarche m'intéressait, je voulus la connaître
plus en détail, et courus à la porte de ma
cellule. Mais, ô contre-temps ! elle était
fermée ! Aussitôt, par une résolution,
peut-être téméraire et certainement dangereuse, je noue fortement ensemble les
draps de mon lit, je les attache à un cram-
pon de fer scellé dans le mur pour sup-
porter une volière, et au risque de tout
perdre, en m'estropiant, je me laisse
couler sur le dôme du berceau. Il en fut
affaissé; au moyen de ses branches entre-
lacées, et des échalas qui les appuyaient,
enfin je gagnai terre, non sans maint
écorchures et sans maint outrages à mon
costume féminin. Je m'achemine à tâtons
vers la porte du coin, que je trouve avec
difficulté; car l'obscurité de la nuit était
redoublée par l'épaisseur des arbres. Cette
porte entrebaillée me donne l'aisance
d'entrer dans un enclos assez découvert,
au fond duquel une masse d'ombre plus
noircie m'annonce un bâtiment. En en
suivant la direction, je me heurte contre
un amas de pierres, que je reconnais bien-

tôt pour un perron. J'en escalade les marches avec vitesse, j'en franchis la plateforme avec vivacité, j'entre et je m'enfonce dans un corridor noir, dont la voûte frémit du bruit de mes pas, quelque légers qu'ils soient. Pour lors, je m'arrête un instant pour reprendre haleine. Des mouvemens se font entendre au dessus de ma tête : c'était la lumière que j'avais vue de ma croisée, et qui descendait un escalier, portée par une vieille religieuse, grande, maigre, sèche et revêche, qui m'avait déplu dès mon arrivée, et qu'on eût dit, au moment actuel, un spectre errant parmi des ruines. La pensée me vint de me jeter sur elle, de lui arracher ses clefs et de la punir, par quelque traitement injurieux, de son indignité; car je ne doutais pas qu'elle fût la geolière de mon épouse, et peut-être, hélas! de bien d'autres victimes; mais la crainte de compromettre Onézyme réprima cette tentation. La religieuse passa devant moi, en faisant retentir le vestibule de sa toux astmatique; je la sentis glisser comme une ombre; elle tira la

porte à soi, tourna deux fois la clef, et
me laissa moi-même prisonnier.

Mais j'avais remarqué la position des
degrés ; je les montai avec précaution.
Un grand vitrage établi sur le premier
pallier, répandait cette sorte de lueur qui
descend des étoiles et qui suffit pour se
guider. Avec son aide, je pénétrai dans
un corridor supérieur, dont j'interrogeai
la position avec mes mains. Il me parut
percé de plusieurs portes ; c'étaient sans
doute celles des chambres où l'on rete-
nait les recluses. Mais si Onézyme augmentait leur nombre, où se trouvait la
sienne? N'y avait-il pas plus d'imprudence
que d'utilité à me faire connaître ; et si je
commettais une méprise, ce qui n'était
que trop possible, n'augmenterais-je pas
mon embarras?

Une autre difficulté que je me fis à moi-
même, et qui me vint tout à coup, fut celle-
ci : c'était en qualité de prisonnière que
Césarine avait dû être conduite aux Clarisses ; pourquoi donc, moi, qu'on prenait pour elle, jouissais-je de la liberté qui
me paraissait refusée à celles qui habi-

taient ce bâtiment, si tant est cependant
qu'il ne fût point désert.

Pendant que je m'égarais dans ces per-
plexités, un fracas bruyant, que repro-
duisit la voûte du vestibule, m'annonça
l'ouverture de la grande porte. Pour lors,
la religieuse n'était pas seule; elle s'entre-
tenait, à voix assez haute, avec une personne, qui ne répondait que par mono-
syllabes, et qu'à la gravité de son organe,
je reconnus pour un homme. Il monta
pesamment l'escalier, entra en soufflant
dans le corridor supérieur, dont il frappa
plusieurs fois le plancher avec sa canne;
ensuite, précédé de la religieuse, il fran-
chit une porte qu'elle lui ouvrit, et dont
l'intérieur me parut faiblement éclairé.

Ce fut donc à cette porte que je me
collai; mais quelque attention que je misse
à écouter, il ne m'arrivait, d'un enfoncement que je jugeai assez lointain, que des
paroles entrecoupées et des demi-phrases
inintelligibles. Tout ce que je pus remarquer, c'est que plusieurs voix s'entrecou-
paient; ce qui m'apprit que le pavillon
était habité. Au bout de vingt minutes, la

* 5.

religieuse et son compagnon sortirent;
et bien qu'impatient de m'éclaicir sur la
personne qui seule me faisait tenter cette
démarche, la crainte de m'ôter pour l'avenir le pouvoir de lui donner aucuns secours me contraignit à les suivre. On doit
comprendre que, sans cette précaution, je
me serais coupé la retraite de toute issue;
puisque, sans parler de ma chambre, d'où
je m'étais évadé, et dans laquelle il me
fallait remonter, j'aurais rencontré un
double obstacle dans les deux serrures
du vestibule et de l'enclos.

J'eus le bonheur de m'échapper de ce
dernier, sans avoir été aperçu. Il est vrai
que la religieuse et son interlocuteur s'en-
tretenaient avec une chaleur qui ne leur
permettait de rien remarquer. J'appris
par quelques mots de leur entretien, qu'il
s'agissait d'une affaire majeure, que je
crus être une maladie, et que l'individu
de mon sexe venait d'être mandé pour la
traiter, en qualité de médecin.

Surcroît d'inquiétudes et d'allarmes!
Etait-ce Onézyme sur qui le sort persécuteur accumulait ses coups? N'était-ce

point assez d'avoir à pleurer son absence,
sans avoir à craindre pour sa vie? Au
risque de tout, je résolus de sortir, dès
la nuit prochaine, de cette accablante
anxiété.

Il s'agissait, pour l'instant, de rentrer
dans ma cellule, à la fenêtre de laquelle,
l'aube qui commençait à poindre, montrait mes draps balancés par le vent. Autant
pour parer aux inconvéniens actuels, que
pour me ménager des ressources dans
l'avenir, il était de la plus haute importance de cacher mon escapade; mais nulle
possibilité de reprendre, pour remonter,
la facile voie employée pour descendre.
Comment faire cependant? Je me ressou-
vins de la mère Sainte-Ursule et courus
à sa porte. J'eus beau frapper, pas de réponse. Au même moment, la cloche tinte
matines au dessus de moi; j'y vole, en
éperdu, et j'ai la satisfaction de trouver
ma bonne religieuse, qui, la corde à la
main, essayait par cet exercice, que le
docteur lui avait conseillé, de diminuer
le volume de son embonpoint. Elle fit, en
me voyant si matin, un cri de surprise;

mais en lui cachant le motif secret de
mon évasion, que j'attribuai au désir de
prendre le frais, et au dépit de me voir
sous clef, je lui donnai assez de détails
pour exciter sa bienveillance et sa sensibilité. Pourtant je la voyais combattue,
entre le désir d'obliger et la crainte de
trahir son devoir. Le premier l'emporta.
Après m'avoir pris le menton par deux
fois, et avoir bien répété : Il est certain
que si jeune, prisonnière!... le tout sans
quitter sa cloche, elle acheva de la tinter
et me dit de la suivre. Tout en lui obéis-
sant, je relevai son refrain, et lui dis que
probablement je n'étais pas la seule dans
cette maison. Oh! que non, répondit-elle.
— Cette demoiselle des Anglecourts,
dont je parlais dernièrement? hein?.....
—Sainte-Ursule posa son doigt sur ses lèvres : Ceci, ajouta-t-elle, ne se dit pas;
on appelle cela un secret d'État. — Je ne
veux pas le savoir, m'écriai-je, comme
effrayé ; je vous demande seulement si
elle est malade? — Mais non pas, que je
sache. — C'en était assez; aussi bien nous
arrivions devant la hutte du jardinier.

Au pied de cette hutte, le long d'une haie, était couchée une échelle. Voilà, dit la mère Sainte-Ursule, de quoi réparer les sottises; mais il faut enlever ce joujou, et ce ne sera pas moi. Je vais réveiller le jardinier. Non pas, m'écriai-je, épouvanté de ce prudent expédient; je vais voir s'il n'est pas trop lourd. Elle va se tuer, la petite folle, criait la religieuse, tandis que j'enlevais, transportais et plantais l'échelle. Ah! qu'on ne s'est pas trompé, en la nommant l'espiègle!... Quelle force, quelle adresse et quelle vivacité!... En vérité, c'est dommage que ce soit pas un garçon!... Pendant ces exclamations de la religieuse qui me suivait en haletant, je m'étais rapidement élancé au dernier des échellons, d'où, avant de sauter dans ma chambre, j'avais, d'un vigoureux coup de pied, envoyé l'échelle à vingt pas. Les draps furent lestement retirés; et, après avoir remercié l'obligeante Sainte-Ursule, j'avais déjà fermé ma fenêtre, pour me jeter au lit, que, toute ébahie de mon incroyable célérité, elle regardait encore.

Ce fut seulement à mon réveil, que je
me livrai aux réflexions. Pour cette fois,
j'en ferai grâce au lecteur, empressé,
comme moi, de courir à l'événement.

La moitié de la journée se passa, sans
un accident qui put en accélérer l'issue.
Vers le soir, en rêvant dans une allée du
jardin, je fus tiré de mes pensées par la
chanson d'un ramoneur, perché sur la
mître d'une cheminée. Son aspect me fit
songer à Didier : c'était lui-même. Il m'avait
reconnu, et me faisait signe de me trouver
à sa descente, sous la cheminée de l'ouvroir. J'y courus; il se précipita à mes pieds.
Madame est ici... — Je le sais. — Mais elle
est au secret... — Je le sais encore. — Avec
madame de Chevreuse... — Je l'ignorais.
— Qui se meurt, dit-on... — Oui, elle est
malade. — Elle feint de l'être... — Comment le sais-tu? — Pour gagner le médecin et le mettre plus avant dans la conspiration. — Quelle conspiration? — Oh!
depuis trois jours, il y a bien des nouvelles.
M. de Beaufort a paru aux Anglecourts.
— Qu'y est-il venu faire? — Vous chercher. — Moi! Et pourquoi? — Oh! je

n'oserai jamais dire cela ! — Comment ?
— On se dit à l'oreille, mais M. le duc
crie par dessus les toits, que c'est pour
vous faire *reconnaître*. — Reconnaître !
Qu'est-ce que cela signifie ? — Je ne puis
vous en dire davantage ; tout ce que je
sais, c'est que si le roi meurt, comme il
y a toute apparence, vous le remplace-
rez. — Es-tu fou ? — Ma foi, à ce compte-
là, je le deviendrais. — Comment M. de
Beaufort se peut-il permettre ces extra-
vagances ? — M. le baron en gémit. —
Qu'a-t-il dit de mon absence ? — Je l'ai
trouvé consterné. La vue de mademoiselle Césarine lui a rendu un instant de
joie ; et mon récit, quoiqu'en lui causant
des inquiétudes, lui a fait plaisir. — Et
qu'est devenue cette petite folle ? — Ah !
voilà le plaisant, le singulier ! M. de Beaufort n'a-t-il pas voulu que ce fût vous ? Il
l'a enlevée. — Excellente méprise ! —
M. le baron n'a pas voulu le désabuser :
il dit que ce *quiproquo* assure votre tranquillité. — Mais où as-tu appris qu'Onézyme ?..... — Par Nicette. — Comment, par
Nicette ! Et quel rapport ?...... — Nicette

est nièce du jardinier de ce couvent. —
Hé, bien? — Le jardinier, tous les jours
de marché, apporte des légumes chez le
maître de sa nièce. — Ensuite? — Au
milieu de ces légumes est un chou..... —
Tu m'impatientes! — Lequel chou, creusé
comme une lanterne, renferme des dépêches importantes. — Des dépêches? —
Des lettres de madame de Chevreuse à
ses amis. — Quel sot conte me fais-tu?
— Ce n'est point un conte. Le bon de
l'affaire est que le jardinier, qui est un
ivrogne, ignore qu'il est messager diplo-
matique. — Il n'y a pas un mot de vraisemblable dans tout ce que tu me dis. —
Attendez, monsieur. C'est Nicette qui
choisit les légumes et trouve le chou. —
Mais qui le place là, à point nommé? —
C'est ce que je ne puis vous dire. — Et
comment veux-tu me persuader que Nicette, une servante de cabaret..... — Oh!
monsieur, le *Tonneau d'Or* est une auberge! — Soit. Qu'une servante d'auberge soit la confidente d'une duchesse?
— Monsieur...... — Qui lui raconte des
plans de conspiration, des affaires d'Etat?

— Monsieur, je ne vous ai point parlé de cela. — Ne m'as-tu pas parlé d'une conspiration, dans laquelle j'étais mêlé ? — Oui, mais je ne vous ai pas dit que je tinsse cette nouvelle de Nicette. C'est M. de Beaufort qui la répand. — Mais que dit donc ta Nicette ! — Que madame de Chevreuse, détenue aux Clarisses de Fontainebleau, par ordre de la reine..... — Par ordre de la reine ? — Oui, on les dit brouillées. Madame la duchesse a compromis Sa Majesté, qui a exigé du roi la réclusion de son imprudente amie. — Elle a compromis la reine ! Et dit-on comment ? — Je vous l'ai dit; en vous désignant comme successeur au trône. — Cela passe toute imagination ! — Et pour achever ce que je sais par Nicette, outre la captivité de madame la duchesse, c'est sa maladie feinte, c'est son projet de corrompre le médecin, c'est enfin la réclusion de mademoiselle Onézyme. — Appelle-la ma femme : ne sais-tu pas que nous sommes mariés ? — Monsieur, personne, plus que moi, ne désire qu'elle le devienne. — Enfin, n'importe ce que sache Nicette;

mais tu ne m'as pas expliqué comment
elle l'a appris. — Par le fils du médecin,
qui est un fort joli garçon, dont mademoiselle Nicette a remarqué les agrémens,
ce qui l'a fait sortir de chez le docteur,
où elle a demeuré quatre ans. — Voilà
des détails fort nécessaires ! — Mais oui,
monsieur, car sans eux, vous ne pourriez
comprendre comment cette affaire, qui
intéresse de si grands personnages, passe
par la langue d'une petite grisette. — En
ce cas, continue tes prolixes explications.
— Si Nicette s'était aperçue que M. *du
Hamel* le fils est ce qu'on appelle un brin
d'homme bien planté, M. *du Hamel* le
père n'avait pas manqué d'observer que
Nicette est aussi ce qu'on nomme un brin
de fille bien venu. Or, tandis que chacun de son côté faisait ses remarques, il
arriva un résultat. — Et quel fut ce résultat ? — Un enfant, dont Nicette aurait
bien voulu faire cadeau à M. du Hamel
fils, mais qu'elle ne pouvait, en conscience,
attribuer qu'à M. du Hamel père. — Qui
s'en défendit ? — Tout mauvais cas est
niable, dit-on ; jugez s'il accueillit celui-

ci avec plaisir. S'en trop s'en prendre à la
Provençale, il imputa la niche à son fils.
— Et delà, animosité, haine, querelle?....
— Et trahison. Au milieu de cette intrigue, madame de Chevreuse, reléguée
depuis plusieurs mois aux Clarisses de
Fontainebleau, avait ourdi la sienne. —
Par l'intermédiaire du médecin? — Ap-
pelé d'abord pour soulager une maladie,
puis adopté bientôt comme confident,
puis reconnu enfin comme agent et complice. — Mais par quel hasard Nicette?...
— Ah! le voici. Durant ses premières vi-
sites, M. du Hamel, après avoir tâté le
pouls de la belle malade, glissait sa main
sous l'oreiller, y saisissait un paquet et le
coulait dans sa poche; mais le malheur
fut que certaine vieille religieuse, du nom,
je crois, de *Sainte-Marthe*....—Grande,
desséchée, efflanquée et récalcitrante
par dessus?..... — Je ne sais, mais il y a
à parier. Un hasard fatal voulut donc que
cette Sainte-Marthe eût la vue excellente.
Elle s'aperçut du manége du docteur, et
lui fit une verte mercuriale en pleine
communauté. — Voilà mon homme bien

2.

embarrassé. Mais comme d'une part, il
n'y avait pas de preuves, et de l'autre que
la maison est d'un bon casuel, le docteur
fila doux, termina à l'amiable, et prit un
autre biais. — Je vois venir Nicette. —
Précisément : les choux du jardinier de-
vinrent la boîte aux lettres; le jardinier,
sans le savoir, fut métamorphosé en fac-
teur, et Nicette, comme directrice du
bureau, remettait les missives à M. du
Hamel, qui définitivement les faisait remettre à leur destination ultérieure. —
Ce qui m'embarrasse, c'est de savoir
comment, du secrétaire de la duchesse,
les lettres parviennent dans le chou; car
enfin, madame de Chevreuse est au secret. — J'en conviens, mais c'est ce qui
ne m'inquiète guère. Quoi qu'il en soit,
il arriva une époque, où le docteur mé-
contenta sa confidente; sa confidente,
depuis long-temps excitée par le jeune
homme, se ressouvint que la vengeance
est le plaisir des femmes; et comme elle
ne sait pas lire, elle remit au fils les dépêches adressées au père. Celui-là, à ce
qu'il paraît, n'a été ni assez scrupuleux

pour n'en pas prendre lecture, ni assez
délicat pour en garder le secret. — Et,
voilà comment il est possible que cette
petite cause produise de grands effets.

Ce que venait de m'apprendre Didier
de la coupable intempérance du duc de
Beaufort m'eût vivement alarmé, si j'a-
vais eu le temps de penser à moi. Mais il
ne fallait m'occuper que d'Onézyme.
Outre sa captivité, qui ne pouvait que
m'affliger vivement, je voyais avec déplaisir qu'elle était fortement liée avec la
duchesse de Chevreuse, à laquelle je
n'aurais sans doute osé supposer des intentions perverses, mais qui pensant bien,
parlant mieux, agissait mal, et compro-
mettait tous ses amis. J'aurais voulu, pour
tout au monde, tirer mon épouse de cette
association, qui me chagrinait presque
davantage que son absence. Et sans songer aux inconvéniens qu'il y avait à une
jeune personne, comme j'étais censée
l'être, d'entretenir un savoyard, au coin
d'un jardin, à la brune et dans un couvent, je l'emmenais avec moi, lorsque sa
prévoyance suppléa à mon incurie.

Dans divers compartimens des char-
milles, le jardinier avait émondé les branches parasites qui jonchaient la terre.
Didier, sorti de l'ouvroir, se mit à les
réunir, pour en former un de ces fais-
ceaux épineux, dont les ramoneurs font
usage. Tandis que courbé fort attentivement, il ne semblait occupé que de ce
travail, je me promenais tantôt noncha-
lemment, tantôt mettant beaucoup d'activité à courir après les papillons. Cependant j'avais, avec mon domestique, le
colloque suivant, que n'auraient jamais
deviné deux ou trois sœurs écoutes, er-
rantes dans le lointain.

Didier, je suis au désespoir. — Vous
avez tort, monsieur, cela ne remédie à
rien. — Il faut que je voie Onézyme cette
nuit. — C'est bien peu, monsieur. — Tu
as raison; cette nuit, il la faut délivrer.
— Voilà parler ! — Puisque tu es si résolu, aurais-tu des moyens ? — Ils sont
dans le courage de madame et dans mes
crochets. — Parle plus clairement. — Il
faut d'abord que vous sachiez que ce long
bâtiment, où les religieuses tiennent leurs

prisonnières au secret, s'appuie, du côté opposé à celui-ci, sur l'église. — Ensuite? — Il est bon aussi que vous n'ignoriez pas que cette église est d'architecture gothique..... — Après? — C'est-à-dire toute brodée de pierres découpées à jour, qui forment alternativement des creux et des saillies. — Oh! quel verbiage! — Donnez-vous patience. Au dessus du premier rang, où se voient des *enjolivures*, règne un cordon de vieux saints mutilés, à qui, pour la plupart, il manque un bras, une jambe, même à quelques-uns la tête....... — Tu abuses étrangement de ma complaisance. — Au dessus encore, s'avance la première-galerie, qui est de niveau avec le bâtiment des récluses. — Oh! je t'en prie, tire vite ta conclusion! — Ne la voyez-vous pas? Au moyen de mes crochets, j'escalade festons et découpures, je marche sur le corps aux bienheureux, et j'enjambe la galerie, de laquelle je vais de plain-pied sur la mansarde du bâtiment. — Je commence à comprendre, et crois pouvoir te suivre. De la mansarde aux cheminées, il n'y a qu'un pas; dé-

gringoler une cheminée, n'est qu'un jeu pour un Savoyard, et je te vois dans la chambre d'Onézyme. Mais tu n'en es pas plus avancé. Il ne suffit pas que tu saches descendre, il faut que ta maîtresse ose et puisse monter. — Je ne lui demande que d'oser; elle pourra le reste. — Une femme si jeune, si délicate! — Une amante si dévouée, si courageuse! — Et si les forces lui manquent? — L'amour les augmente, la liberté les soutient. — Elle peut glisser dans ce conduit si roide. — Cramponné derrière elle, je la supporterai. — Elle n'a qu'à se trouver mal? — Je serai muni d'un flacon. — Mais as-tu réfléchi que le tuyau pouvait être grillé? — J'aurai, dans mon sac, tenailles et marteau. — Il ne reste plus qu'à prévenir mon épouse. — Elle est prévenue. — Par qui, quand, comment? — Par le médecin, dans une lettre de madame la duchesse, hier soir, vers onze heures. — C'est en effet l'heure à laquelle le docteur est entré. — Commissionnaire sans s'en douter, c'est tout comme le jardinier. — Comment cela? — Ayant tout arrangé dans ma tête, avec

la certitude que vous approuveriez tout,
il a bien fallu mettre quelqu'un dans la
confidence; et Nicette..... — Tu com-
mences à y prendre goût. — Elle est faite
pour l'inspirer. — Mais elle est si peu délicate. — Oh! je ne vise pas au mariage;
d'ailleurs, dans certains momens, elle m'a-
vait honoré de tant de confidences, qu'il
était assez juste de les lui payer. — Elle en
aura jasé avec le petit du Hamel? — Je l'ai
mis en tiers. Il a trouvé plaisant que tout
fût communiqué par son père qui ne sait
rien. — Bien imaginé! — Le fils, en qualité de pharmacien, exécute les ordon-
nances de son père. Un julep avait été
commandé par madame la duchesse; dans
l'intérieur du bouchon qui ferme le bo-
cal, un petit bulletin...... — J'entends:
y a-t-on regardé? — C'est un bouchon
mystérieux, creusé pour l'intrigue, et
qui a vieilli au service de madame de
Chevreuse. — Mais la preuve que, pour
cette fois, on en ait fait l'examen? — Le
billet disait qu'à cinq heures précises, un
Savoyard chanterait sur la cheminée de
l'ouvroir; qu'alors, si l'on acceptait la

proposition, on le témoignerait par un bouquet de roses, attaché à la lucarne de l'appartement ; car vous savez que les fenêtres, mûrées par la moitié inférieure, son grillées dans l'autre. — Hé bien ? — Hé bien, à peine avais-je entonné l'antique refrain de nos montagnes : *ascouta d'Jeannetto*, qu'une petite main blanche... — C'est celle de ma femme ! — a paru à l'ouverture de la lucarne, y a balancé le bouquet de roses, et l'y a laissé suspendu par un ruban...... — Ah ! mon ami Didier, que je t'embrasse ! — Monsieur, prenez donc garde à vous ! — Tu es mon libérateur, mon Dieu tutélaire ; et après ma bien-aimée..... — Mademoiselle Césarine, que faites-vous ?

C'était la voix aigre de la disgracieuse Sainte-Marthe, qui nous observant depuis quelques minutes, s'était approchée à pas de loup et me surprenait embrassant tendrement Didier. La colère la suffoquait : elle resta sans mouvement et sans voix. Nous ne jugeâmes pas convenable d'attendre qu'elle les eût retrouvés. Mon valet

s'enfuit d'un côté ; je m'échappe de l'autre
et vais rêver dans ma cellule à tout ce
que je viens d'apprendre et à ce qu'il me
reste à faire.

Après y avoir long-temps ruminé,
comme en dernière analyse, à la suite de
la liberté d'Onézyme, je ne voyais plus
de nécessaire que la mienne, je me décidai à me la procurer par les moyens de
Didier ; après quoi, s'ils échouaient, j'aurais recours à une voie infaillible : je me
découvrirais.

Chaque soir, j'avais coutume de me
rendre à la veillée de l'abbesse, à qui Césarine était spécialement recommandée,
et qui me témoignait beaucoup de petits
égards. Là, se rassemblaient les amies de
Madame, quelques grosses têtes du couvent, et celles qu'on désignait le matin,
pour ces plaisirs du soir. On travaillait à
de petits ouvrages à l'aiguille ; on faisait
des *agnus*, des découpures et des chape-
lets ; on causait avec intimité ; on se permettait quelques médisances, que Madame
corrigeait charitablement, en en étendant

le scandale. La soirée se terminait par une petite collation, suivie du rosaire en commun, après quoi l'on se séparait (1).

Ce soir, parmi les assistantes, je remarquai la mère Sainte-Marthe. Elle tenait le dé à mon arrivée ; mais s'interrompant tout-à-coup et me fixant avec de petits yeux creux et malins : Il faut, dit-elle, madame, que je vous régale

_____

(1) Comme il est ici bas des sots à qui il faut tout dire, et des méchans à qui il ne faut rien laisser interpréter, l'auteur déclare solennellement que certains coups de pinceau qui lui sont échappé dans la description des cloitres, non seulement ne font allusion à aucun en particulier, mais ne peuvent, en général, tourner au blâme de ces établissemens. Depuis que M. *Regnault de Warin* écrit, il ne s'est pas contenté de respecter tout ce que la religion consacre, tout ce que les mœurs réclament, tout ce qu'admettent une philosophie épurée et la saine politique ; il est peut-être peu d'auteurs qui aient plaidé avec plus de chaleur et de constance la cause de ces objets nécessaires, utiles ou sacrés. Et bien qu'il soit contre une certaine pudeur de citer l'auteur dans son propre ouvrage, il est une époque cependant où l'ébranlement de tous les principes en fait un devoir. Les gens frivoles qui voient les ouvrages de tel homme de lettres rangés parmi ceux de tels autres, ou qui lisent son nom à côté des noms de ceux dont les livres sont compris dans la classe des siens, confondent quelque fois l'espèce avec le genre, et l'individu avec l'espèce. Delà, des méprises

d'une histoire dont mademoiselle est l'héroïne. Qui, Césarine? dit l'abbesse. Elle-même, continua Sainte-Marthe : mais j'ai tort d'appeler cette aventure une histoire; je ne m'y connais guères, ou il me semble qu'avec un peu de babil, on en ferait un petit roman bien conditionné. Qu'on juge si j'étais sur les épines ; j'avais déjà changé de couleur

---

qui ne seraient que ridicules, si elles étaient le produit de l'ignorance ou de la stupidité, mais qui deviennent préjudiciables, lorsqu'elles sont saisies par la mauvaise foi. C'est pour éviter les morsures de cette fourbe insigne, dont il n'a déjà que trop été atteint, que M. Regnault de Warin invite ses lecteurs, moins à relever des traits isolés de cette narration, que l'esprit qui en anime l'ensemble, et moins cet ouvrage seul, que ceux dont, depuis son existence littéraire, il a fait hommage au public. Leur série successive commence un système politique et moral dont chacun de ses nouveaux écrits doit être le développement. On peut s'en convaincre en dépouillant de leurs formes artificielles et de leurs accessoires historiques ou romanesques ceux qu'il a publiés jusqu'ici, tels que le premier volume des *Prisonniers du Temple* et le *Contemplateur* ; plus notamment encore *Spinalba*, le *Cimetière de la Madeleine*, les *Loisirs Littéraires*, les *Études Encyclopédiques*, le livre de statistique qu'il a mis au jour sous le titre de *Lille ancienne et moderne*, et en dernier lieu, le récit impartial et courageux de l'usurpation, sous le titre de *Cinq Mois de l'Histoire de France*.

(Note de l'Éditeur.)

plusieurs fois et demandé la permission
de me retirer : mais ce n'était pas le
compte de mon ennemie. Elle fit un signe à l'abbesse qui m'ordonna de de-
meurer, en ajoutant que ma présence
donnerait plus d'intérêt au récit. En ce
moment, je jetai par hasard les yeux
sur la mère Sainte-Ursule, qui respirait
à peine. Le souvenir de mon escapade
du matin lui faisait craindre que ce ne
fût là l'histoire promise par sa compagne : mais elle en fut quitte pour la peur ;
car la désobligeante Sainte - Marthe se
mit à raconter de point en point, non
pas mon entretien avec Didier, qu'elle
n'avait pu entendre, mais notre panto-
mime, qu'elle avait comprise ; le tout
assaisonné de ce sel piquant, dont les
béates caustiques ont toujours plus d'une
dose en réserve. Et qui pensez-vous que
soit ce Savoyard, ajouta-t-elle ? Un commissionnaire ? oh ! que non ! Un commissionnaire n'a pas cette jolie figure, et
sous ses guenilles enfumées, il n'a pas
ce petit air élégant. Comment, dit l'abbesse, dont le visage peignait tour à tour

la surprise, la crainte et l'indignation ;
comment Sainte-Marthe, vous croiriez
que c'est ?... — Un amant déguisé; oui,
madame, je le crois et je le crains. —
Sortez, mademoiselle, s'écria l'abbesse
avec emportement ; allez cacher votre
honte : votre aspect fait rougir nos chastes compagnes, épouvantées de vos dé-
réglemens. J'obéissais, en frémissant de
courroux ; mais Sainte-Marthe: Madame,
dit-elle, en changeant de ton, il ne serait pas charitable de pousser trop loin
la plaisanterie. Mademoiselle Césarine
joue comme un ange son petit rôle
d'embarras, et cet air boudeur lui sied
à merveille. Cependant je dois déclarer
qu'elle n'a nul sujet de le prendre. L'histoire que je vous ai contée est bien arrivée d'une façon; mais c'est en songe,
je l'ai rêvée. A ces mots toute l'assemblée partit d'un grand éclat de rire: on
fit à la narratrice des complimens dont
l'héroïne eut sa part. On hasarda des réflexions sur la nature des rêves, et l'on
allait se perdre dans des dissertations té-
nébreuses, quand la retraite sonna.

La mère Sainte-Marthe, en remontant l'escalier, me prit la main, me la serra, et me dit à demi-voix : Convenez que vous avez eu peur ? — Vous êtes bien cruelle ! — C'est de votre faute. Si l'on ne veut pas m'avoir pour ennemie, il faut me prendre pour confidente. — Mais des confidences supposent une intrigue ; je n'en ai pas. — Fort bien ! Quand on a de bons yeux, c'est pour voir. Bonne nuit ! Elle me quitta à ces mots, qu'elle semblait avoir lâchés tout exprès pour augmenter mon trouble.

Le sommeil fuyait mes paupières, et je comptais les minutes, prêt à descendre par ma fenêtre pour aller seconder Didier. En arpentant ma chambre de long en large, je posai machinalement ma main sur le pêne de ma serrure ; il cède sans efforts, ma porte n'avait point été fermée : me voilà dans le jardin, à l'entrée de l'enclos qui n'était pas encore ouvert.

Je n'attendis pas long-tems : une lumière scintille dans le lointain, traverse la charmille et arrive près de moi. Je reconnais ma religieuse. Au lieu de se diriger à droite, je la vois, à mon grand étonnement, qui marche à gauche. Je la suis avec précaution : elle entre dans une petite enceinte fermée d'une haie; il y croissait des choux. Elle en examine plusieurs, hésite, s'arrête à un, s'accroupit, et sans l'enlever de sa tige, elle en écarte les premières feuilles, enfonce un couteau, qu'elle fait mouvoir circulairement, coupe le cœur qu'elle cache dans un panier, et suspend cette opération pour la suivante. Elle avait posé sa lanterne sur une petite éminence : d'une main, elle soulève sa guimpe, dont elle tire un peloton, que de l'autre, elle place dans le creux du chou. Prête à en réunir les feuilles, je lui saisis le bras. Elle veut pousser un cri, que j'étouffe de la main. A mon tour, lui dis-je, vous avez pénétré la moitié de mon secret, j'ai le vôtre tout entier : il est dans ce peloton. Sainte-Marthe, à moitié remise, feignait de se défendre; je fis l'inexorable, et parodiant ce qu'elle avait prononcé tantôt : Non, lui dis-je, vous avez failli me perdre; je

* 6

vais vous en ôter l'envie et la possibilité. Si l'on ne veut pas m'avoir pour ennemi, il faut me prendre pour confident.
— La riposte est heureuse et la proposition faisable. — Qu'entendez-vous par-
là? — Que nous nous connaissons, sans
nous être jamais vus; que nous avons
besoin l'un de l'autre; et qu'il ne faut
que deux mots pour nous comprendre.
— Dites ces deux mots. — *Charles* et
Onézyme.— Je suis trahi! — Vous êtes
servi. — Mon épouse est perdue! — Elle
est sauvée! — Mais qui êtes-vous donc,
être inconcevable? — Un mouton, sous
l'écaille d'un dragon; un cœur compa-
tissant sous une mine renfrognée; la sévère
Sainte-Marthe à l'ouvroir, où j'ai voulu
vous donner une leçon urgente; ici la
bonne Sainte-Marthe, l'amie de madame
de Chevreuse, la consolation d'Onézyme
et la protectrice du noble Charles. Sui-
vez-moi!

Ai-je perdu le sens, ou un songe me
berce-t-il d'une aimable imposture? Je
marche en silence sur les pas de mon
guide, que ma consternation fesait un

peu sourire. L'enclos est ouvert, lebâ-
timent nous reçoit, je monte l'escalier,
une porte se présente, et je suis en face
de madame de Chevreuse. Je tais sa joie,
mon étonnement, le plaisir de la religieuse et son comique narré. Lorsqu'il
fut fini, et tandis qu'elle le faisait, mes
regards errans demandaient quelque
chose. Je vous comprends, dit la duchesse, vous allez la voir, et il ne tient
qu'à vous d'être réunis. — Ah! c'est mon
vœu le plus doux, c'est le seul de mon
cœur. — Il sera comblé, je vous en
donne ma parole. Mais permettez - moi
quelques observations? Je vous écoute,
madame. — Mère Sainte-Marthe, il faut
qu'il s'asseye. — Madame, m'y voilà, —
Et qu'il se rafraîchisse. — Je n'ai besoin
de rien, madame. — Promettez-moi d'a-
bord de pardonner à quelques expressions, dont le sens pourrait vous cho-
quer. — Madame, il est impossible que
de votre bouche, il en sorte.... — Mais
l'impérieuse nécessité les commande, et
vous les excuserez par l'intention. Ici la
duchesse garda un instant le silence, et

reprit d'un ton grave et presque solennel : Savez-vous à qui vous devez le jour?

— Vous-même, madame, n'avez-vous pas armé mes mains pour venger mon père, le noble et malheureux Buckingham? — Et votre mère, la connaissez-vous? — Je crois l'avoir vue une ou deux fois, et si mes soupçons s'accordaient avec mes desirs... — Hé! bien, Charles?

— Mais j'ai dû rejeter une pensée peut-être injurieuse à celle qui en est l'objet; et sans me livrer à des conjectures dangereuses, me replonger dans l'ignorance et la résignation. — Vous possédez toujours le portrait que cette mère infortunée?... — Vous n'ignorez pas que mon père s'en empara, en me donnant en échange celui-ci. Je l'ai porté jusqu'alors sur mon cœur; il ne le quittera que quand il aura cessé de palpiter. — Considérez bien cette figure? — Elle est pour jamais imprimée dans toutes mes affections. C'est ma mère. — Et celle-ci? (ajouta la duchesse en ôtant son gant, et en me montrant un bracelet, qu'elle détacha.) — Encore ma mère! — Lisez

l'inscription tracée au revers. — *ANNE
D'AUTRICHE, Infante d'Espagne, Reine
de France et de Navarre*. — Hé! bien,
monseigneur ? — (J'étais immobile.
Bientôt des larmes se firent jour à travers
mon saisissement, et j'en innondai le
portrait.) Hé! bien, monseigneur? répéta la duchesse, avec l'accent de l'impatience et de la satisfaction.

Je vous comprends, madame, répondis-je lorsque mon émotion me permit
de m'exprimer : vous me donnez un titre
qui m'explique vos intentions, en voulant
captiver les miennes; mais s'il est honora-
ble pour ceux dont il énonce et atteste
l'origine sacrée, je le tiens à reproche
pour celui dont il rappellerait l'illégiti-
mité. — Et comme madame de Chevreuse
semblait étonnée : Oui, madame, ajoutais-
je, en me faisant connaître ma mère,
vous me forcez à la moins estimer. Je suis
le fruit du crime, et je ne lui dois que mon
amour. — On m'avait bien assuré, inter-
rompit-elle, en s'adressant à la religieuse,
qu'il lui était venu des idées toutes parti-
culières; et même je m'en étais aperçue

dès Paris. Mais nous l'en ferons revenir.
Au reste, continua-t-elle, en reprenant
son propos avec moi, il ne s'agit pas de
ce que vous pensez, mais comment vous
voulez agir; car, sans doute, vous saurez
mériter cette faveur du destin, en l'em-
ployant à votre profit et au service de
vos amis? — Je crains bien, madame,
que ce qu'il vous plaît de nommer une
faveur du destin ne soit au contraire la
marque de sa sévérité. Hélas! jusqu'à ce
jour, vous savez si j'ai à m'en louer ou à
m'en plaindre! — C'est que lorsqu'il fait
tout pour vous, loin de le seconder, vous
le contrariez. — Vous savez, madame,
qu'il est des cas, où pour le seconder, il
faut devenir son complice. — Fort bien,
monsieur, encore un mot, et vous m'allez
reprocher la mort de Richelieu, à laquelle
cependant vous n'avez eu aucune part!
— Je ne vous reproche rien, madame,
je me plains d'être malheureux. Je me
plains de l'être tant, que ceux qui se disent
mes amis me vendent bien cher les bontés
qu'ils me donnent. — Je ne veux pas du
moins que vos allusions soient justifiées.

Je viens, monsieur, de vous reconnaître fils de la reine, ce qui, au moins à vos yeux, est un illustre opprobre; mais je viens aussi de vous proclamer *Dauphin de France*, ce qui, je crois, n'est pas déshonorant. Mon témoignage, étayé de cent preuves irrésistibles, vous pourrez l'invoquer, lorsque la réflexion aura guidé vos intérêts. Maintenant tout à l'amour, je conçois que l'honneur, que la gloire, que l'ambition, si vous voulez, aient peu d'empire sur votre âme. Je me montrerai votre amie, non en vous servant, comme peut-être ma sûreté le demanderait, mais comme l'exige votre bonheur. Non, monseigneur...., non, Charles (pardonnez ce nom à ma tendre affection), non, je ne vous ferai point payer celui que je vous donne. Vous allez embrasser Onézyme.

Je baissai les yeux, et sentant, que par une susceptibilité déplacée, j'avais manqué de délicatesse, ou du moins que j'avais blessé celle de madame de Chevreuse, je rougis en balbutiant des excuses. Vous êtes un enfant, me dit la duchesse en me tendant la main, et qui pis est, un enfant

amoureux. Voyons ce qu'il y a à faire pour
vous.

Quoiqu'il soit authentiquement prouvé
que votre naissance, antérieure à celle
du prince qu'on appelle *Dauphin*, re-
porte sur vous tous les droits, qu'avec
l'aînesse, il aurait lui-même, je me tairai,
pour le présent, sur cet objet. Je ne me
permettrai même pas de vous en exposer
les avantages, tels que l'honneur futur de
commander à la première nation du
monde; la gloire de terminer les grandes
choses, entamées sous le règne de Henri
et continuées sous celui-ci; l'orgueil de
compter parmi ses aïeux, des hommes
illustres et de grands rois; le plaisir de
payer, par des actions héroïques, la tendresse et les tourmens d'une mère; celui
de prouver aux soutiens de son enfance
l'étendue de sa gratitude, par celle de sa
générosité; le bonheur si pur, si doux,
de déposer aux pieds de ce qu'on adore,
la plus brillante couronne de l'univers et
de faire partager son trône à celle dont
on partage le cœur.... — Ah! madame,
quelle perspective ! — Je me garderai

bien de vous la tracer; vous croiriez que
je veux vous séduire, quoiqu'il soit évi-
dent, que dans tout ceci, votre intérêt
seul m'anime et que je lui immole les
miens. — Je sens tout ce que je dois à vos
soins généreux; mais, en admettant que
j'osasse en profiter, n'est-il, pour parvenir à leur but, aucun obstacle à vaincre ?
De quel front le fils de l'adultère (car
il faut me traiter sans ménagement)
viendrait-il disputer un sceptre à l'hono-
rable fruit de l'hymen ? — Vous vous
abusez. Qui jamais se permettra de vous
nommer ainsi, quand ceux qui ont intérêt
à reconnaître, à proclamer la légitimité
de votre naissance, le fondement de vos
droits, la justice de vos prétentions,
n'hésiteront pas de les admettre, et d'im-
poser ainsi le silence aux improbateurs ?
— Quoi, madame, je serai avoué par la
reine ? — C'est un projet que depuis long-
temps elle caresse dans son cœur. — Et
reconnu par son époux ? — Ce qui servi-
rait peu. Le roi se meurt. Avant l'exécution de ce dessein, il ne sera plus. — Mais
le duc d'Orléans ? — Errant et pauvre,

sera trop heureux de se voir, au prix
d'une mince complaisance, rappelé et
remis en possession de ses apanages. — Et
les princes? — Souscriront à tout. — Les
parlemens? — Vous sont dévoués. —
L'armée? — Est toujours du parti de
l'autorité.—Le peuple?—Chante et obéit.
— Quel dommage qu'il soit besoin d'un
crime pour obtenir ces avantages! — De
quel crime parlez-vous? — Madame,
quand la France à genoux m'offrirait le
diadême, peut-elle me l'offrir sans devenir rebelle? Oserais-je l'accepter, sans me
montrer usurpateur? — N'en parlons
plus. Retournez sous vos paisibles don-
jons. Oubliez la pompe des cours dans les
allées de votre parc, et faites régner Onézyme sur un trône de fougère. Tant de
simplicité convient à tant de désintéres-
sement! Cependant une reine sera humi-
liée; une mère gémira, et n'aura pour recours, ni l'autorité d'un époux qui ne
sera plus, ni les bras d'un fils, fermés
pour elle! O souveraine infortunée, pourquoi oublias-tu que la grandeur défend
la tendresse, et que celle qu'on destine à

régner doit endurcir son cœur? Tu
donnas le tien au plus aimable, comme
au plus malheureux des hommes, qui ne
te rendit en retour qu'un fils insouciant
et glacé. L'amour fit de Buckingham un
héros; il fait de Charles un être sans énergie. Le père immola tout, jusqu'à l'honneur, jusqu'à la vie, pour assurer à son
amante l'honneur et la tranquillité; le fils,
pour conserver la sienne, ravit à sa mère
le bonheur, et lui arrachera bientôt la vie.
Pleure, amie trop crédule, pleure nos
espérances déçues; je t'avais promis un
grand homme, je n'ai trouvé qu'un
ingrat!

— Femme artificieuse et cruelle! par
quels leviers puissans parvins-tu à remuer
mon cœur? Comme tu te plaisais à y soulever les mouvemens les plus opposés!
Avec quelle tyrannie tu sus y établir ton
ascendant! L'image d'une mère, la crainte
de perdre mon épouse, peut-être aussi
le desir d'épurer par les grandeurs la
source de mon origine; le silence et la
solennité de la nuit, l'aspect de ces bar-
reaux, le spectacle de cette femme tantôt

armée de sarcasmes amers, tantôt m'offrant ses larmes!... tout concourut à me
fléchir. Toutefois, je ne consentis à rien
de formel. Madame de Chevreuse me
présenta je ne sais quel acte par lequel,
sans m'engager à entreprendre moi-
même, je promettais de ne pas désavouer
ceux qui auraient entrepris pour moi.
Cela avait pour condition la mort de
Louis XIII et était garanti par les noms
les plus respectables. Je remarquai ceux
de Gaston d'Orléans, des princes de
Condé, de madame de Chevreuse, de
M. de Gondy, coadjuteur de Paris, et du
duc de Beaufort. Ces trois derniers, autant
que me permet d'en juger le souvenir
confus de cette pièce, et mieux encore,
comme les événemens l'ont prouvé, formaient l'âme du parti. L'histoire dira que
si j'en fus le prête-nom, il ne connut point
de héros; mais que madame de Chevreuse
s'en montra l'intrigante, Gondy le boute-
feu, et Beaufort l'aventurier.

A la suite de cette scène, que j'étais
si loin de prévoir, et tandis que la religieuse, entrée chez Onézyme, la préve-

naît de mon arrivée, la duchesse en vint
à quelques éclaircissemens. Pour éloigner
tous les soupçons d'intelligence, elle avait
eu avec la reine un démêlé presque public,
qui avait motivé une rupture, d'où s'en
était suivi l'exil; mais de même que l'une
était feinte, l'autre, accommodé aux intentions des parties intéressées, était fort
supportable : et bien que dans le fait,
madame de Chevreuse fût au secret, le
dévouement de la mère Sainte-Marthe
lui en aplanissait toutes les difficultés,
lui en sauvait tous les désagrémens. Le
caractère apparent de cette religieuse
n'eût jamais permis de soupçonner sa conduite réelle. C'était un mélange de bonté,
ou plutôt d'activité officieuse, à laquelle
il fallait, pour se manifester, des moyens
un peu extraordinaires et qui sentissent
l'intrigue. Les manières âpres et rebu-
tantes dont elle déguisait ce penchant lui
ayant mérité, pour preuve de la confiance
de l'abbesse, la surveillance des prisonnières, elle avait passé sa vie à remuer
pour elles et à les servir. Au moyen d'une
qu'elle avait favorisée, son nom et son

intelligence étaient parvenus jusqu'à madame de Chevreuse, et de cette dame à la
reine; ce qui avait fait choisir son couvent
pour le lieu d'exil de la première. Sa détention, comme l'on voit, n'avait rien de
très incommode; et dans la double vue
de l'alléger encore davantage et de la diriger au profit d'une cabale ourdie depuis
long-tems, elle avait négocié, par dessous
la main, la translation de mademoiselle
des Anglecourts, des Bénédictines de
Paris, où déjà elle avait été conduite, aux
Clarisses de Fontainebleau. Là, elle aurait pu pétrir et former à son gré cette
âme jeune et simple, si la nature ne l'avait
armée d'une énergie peu commune, autant pour se défendre des piéges de la sé-
duction, que pour repousser l'atteinte
des événemens. Nous allons voir dans un
instant, comment, malgré ses ruses, son
éloquence et ses talens, madame de Chevreuse n'obtint sur mon épouse et sur
moi, au lieu du triomphe complet qu'elle
se promettait, que les succès du moment
et tout au plus une demi-victoire.

La religieuse reparut, je revis Oné-

zyme. Le pinceau n'a pas de couleurs,
l'éloquence point de mots pour un pareil
moment. Je voulus me prosterner à ses
pieds, elle me reçut dans ses bras. Ce que
l'absence a de regrets, ce que la séparation coûte de soupirs, nos regards l'ex-
primaient ; mais qu'ils peignaient vivement aussi tout ce que l'amour éprouve
de transports, tout ce que l'hymen permet
de chastes desirs ! Notre situation actuelle,
la présence de deux étrangères, l'univers
s'anéantit pour nous. Nous nous crûmes
seuls quelques instans et dans cette situation délicieuse et terrible qui confond
en une substance deux âmes embrasées,
les enlève, pour ainsi dire, de cette terre
matérielle, pour les ravir, dans un tour-
billon de flammes, jusqu'aux régions du
bonheur. Inexprimable et toute-puissante
ivresse, si supérieure à celle des sens ;
délire sacré des cœurs sensibles et ver-
tueux : ah ! c'est en éprouvant votre enthousiasme qu'il faudrait mourir ! On
porterait au ciel l'avant-goût de la félicité.

Onézyme, la première, retrouva, avec

la réflexion, la faculté de l'expliquer.
Mon ami, me dit-elle, en gardant une de
mes mains dans les siennes, ce moment
nous paye de toutes nos peines; il est si
doux, que si j'étais seule condamnée à
les souffrir, je voudrais encore les acheter au même prix. C'est à madame que
nous le devons : qu'elle jouisse de son
ouvrage et de notre bonheur! Ce spectacle, pour une âme vraiment généreuse,
a plus de charmes que celui des grandeurs. Oui, madame, il vaut mieux en-
chaîner deux cœurs sur l'autel de l'amour,
que les immoler sur le trône de l'ambition.
Je ne compris qu'à demi le sens de ces
derniers mots, qu'Onézyme ne tarda pas
à m'expliquer.

Cependant un retentissement sourd,
qui descendait de la cheminée, nous annonça Didier. Son introduction au couvent part encore de là, dit la mère Sainte-
Marthe, en indiquant sa tête; il m'avait
été recommandé par le docteur, qui lui-
même l'a connu par une petite servante
qu'il a placée au *Tonneau d'Or*. Pour un
Savoyard, il faut en convenir, votre valet

est bien intelligent ; on ne le louerait
même pas plus qu'il ne mérite, en ajoutant qu'il est astucieux et rusé. C'est lui,
par exemple, qui a imaginé de pratiquer
par la cheminée l'enlèvement d'Onézyme, que j'aurais plus aisément ménagé
par l'église. Mais Didier m'a fort judi-
cieusement observé, qu'une voie aussi
facile, et qui ne laisse point de trace,
pourrait me compromettre et me faire
soupçonner de connivence ; au lieu qu'il
est difficile de m'en supposer, et impossible de la prouver dans une évasion faite
par la brèche : car il existe là haut de
certains grillages, hérissés de pointes,
assez pénibles à soulever, mais dont je
juge, à son silence actuel, autant qu'à ses
efforts antérieurs, que Didier est venu à
bout. En effet, un instant après, mon
domestique se montra dans un équipage
si grotesque que, malgré le sérieux de la
circonstance, il nous fit rire. Pendant que
la religieuse lui rendait un peu la forme
humaine et lui versait, avec un doigt de
Cognac, de nouvelles forces et un nouveau courage, il nous déclara qu'il était

de toute impossibilité que madame se
hasardât à gravir la cheminée. Non seulement le tuyau, contourné en *S*, offrait
à chaque coude une grille qu'il avait eu
beaucoup de peine à soulever, et qui,
suspendue sur ses gonds rouillés, pouvait,
en perdant l'équilibre, retomber et enfermer, comme dans une cage, l'imprudent qui aurait tenté de la franchir; mais
il y avait, de distance en distance, de telles
saillies formées par des croûtes de vieille
suie, qu'il avait pensé étouffer, en les
traversant. Tous ces obstacles sont levés,
en passant par l'église, selon la première
intention de la mère Sainte-Marthe, dis-
je alors; il suffit, pour sa garantie, qu'il
y ait, dans la cheminée, des traces de
l'enlèvement. Si madame le veut souffrir,
ajouta Didier, on peut les fortifier encore, en les rendant plus vraisemblables.
Qu'elle me permette de la garrotter aux
colonnes de ce lit; ou plutôt, qu'ensuite
de notre évasion, à laquelle elle va présider, madame la duchesse veuille bien
se charger de cet office. Quant à elle per-
sonnellement, un évanouissement un peu

opiniâtre la sauvera d'embarras et de toute responsabilité. Je ne crois pas que cette comédie lui soit bien difficile à jouer; on dit que les dames de cour savent si bien feindre, qu'elles donnent à leur jeu toute l'apparence de la réalité. Madame de Chevreuse ne répondit rien; je crois même qu'elle sourit, quoiqu'un peu forcément. Et je gémis intérieurement sur les inconvéniens de l'intrigue, qui commet celui qui s'y livre aux railleries d'un valet.

Nous nous préparions à sortir, lorsque l'horloge sonnant onze heures, obligea la mère Sainte-Marthe à aller, selon sa coutume, ouvrir la porte au docteur du Hamel. Comme c'est un mince esprit, nous dit-elle, nous ne lui avons confié de notre cabale que ce qu'il était indispensable qu'il sût pour nous servir; de manière qu'il est bien loin de se douter des événemens qui se préparent. Il ignore et votre présence et votre déguisement, l'intérêt qu'y prend Onézyme et le travail du machiniste Didier. L'honneur d'être lié avec une duchesse contente sa

vanité; et, quoiqu'il soit à peine le pos-
tillon de la ligue, il s'en croit de bonne
foi le personnage principal. Demeurez
donc dans cette pièce voisine durant sa
visite, que j'abrégerai.

Rien n'eût été plus aisé que de profiter de l'ouverture des portes, pour nous
évader si, au rôle d'intrigante, la mère
Sainte-Marthe eût joint la fonction de
portière. Mais il n'en était rien. Pour introduire le médecin, il fallait le concours d'une certaine mère *Angélique*,
dont le caractère, la figure, l'âge et l'emploi formaient avec son nom une opposition parfaite; c'est tout dire. Il n'y avait
rien à espérer, ni même à tenter de ce
côté.

Le docteur entra pesamment, s'assit
avec gravité, parla avec lenteur, toussa
avec bruit, se moucha avec fracas, tâta
le pouls, examina la langue de madame,
lui ordonna un bain, lui remit une boête
de pastilles pectorales, se leva avec précaution, salua gothiquement, et s'en alla
comme il était venu.

Il était encore au haut de l'escalier,

que la duchesse et nous avions consulté les pastilles et la boëtes. Aucun
indice remarquable ne s'y fesant apercevoir, quoique cependant ce stoma-
chique n'eût point été demandé, elle
la replaça sur la cheminée. Mais la toux
sèche qui tourmentait la mère Sainte-
Marthe, revenue de congédier M. du
Hamel, l'engagea à essayer d'en adou-
cir l'accès, en suçant une de ces dra-
gées. Heureuse idée ! Cette dragée en-
veloppait un petit rouleau de papier fin,
en forme de devise, qui contenait quelques mots d'une écriture connue. Les
autres pastilles ayant été aussitôt brisées,
on assembla les lignes que renfermait
chacune d'elles, et on lut : « Tout va
» toujours au mieux. Si les circonstances
» vous servent comme vos amis, vous
» pouvez compter sur le succès. Voici ce
» qu'il y a de nouveau pour le moment.
» La vieille gouvernante de la jeune pri-
» sonnière ayant été reconduite en
» Bourgogne, suivant l'intention du jeune
» homme, et n'y ayant point trouvé son
» élève, elle est dans l'intention de la rede-

» mander au couvent où elle la croit. Elle
» a couché cette nuit au *Tonneau d'Or*,
» et crie à qui veut l'entendre, qu'on l'a
» trompée, mais qu'elle en aura raison. »
— Motif de plus pour accélérer notre
départ! Allons, officieuse Sainte-Marthe,
conduisez-nous! Tu ne m'avais pas prévenu, dis-je à Didier, en traversant le
jardin, que tu eusses exécuté mes ordres
en ramenant aux Anglecourts la gouvernante de Césarine? Aussi ne l'ai-je pas
fait, répondit mon domestique, c'est Nicette qui les a devancés, en confiant cette
précieuse vieille à son oncle le jardinier,
qui partait pour Auxerre. Je n'en ai pas eu
d'autres détails, sinon que, persuadée du
retour de mademoiselle Césarine elle en
avait paru charmée. Il me paraît qu'elle
est revenue de son ravissement.

Pendant cette explication, nous avions
gagné le cloître intérieur, traversé plusieurs corridors étroits et atteint la porte
du chœur. Dans l'enfoncement, se trouvait une haute grille qui le sépare de l'é-
glise, et au milieu de cette grille une ouverture de très-médiocre grandeur, par

aquelle les religieuses découvraient l'au-
el sans intermédiaire. C'était cette es-
èce de fenêtre qu'il fallait franchir. Cer-
es, au salut même de sa vie, la mère
ainte-Ursule n'y eût point passé; mais
ous, jeunes, lestes, minces et souples,
prouvâmes peu de difficultés. Je sautai le
remier pour recevoir dans mes bras
nézyme, que Didier soulevait. Puis réu-
is tous les trois du même côté, nous
rîmes congé de la mère Sainte-Marthe,
qui nous recommandâmes la duchesse
e Chevreuse, et qui nous souhaita toutes
ortes de prospérités.

Cette première barrière franchie, il
'y avait encore de fait que le premier
as : il fallait sortir de l'église et nous
endre, sans être aperçus, dans le vil-
age et dans l'auberge de Nicette. L'as-
ect des autels inspira à Onézyme le dé-
ir d'implorer le protecteur des orphe-
ns. Nous nous prosternâmes à ses pieds,
t lui remîmes notre sort. Sans doute il
e vit pas sans quelque pitié trois jeunes
nfortunés, que poussaient moins la fou-
ue de leurs passions, que le goût de

l'innocence et l'instinct de la vertu. Ce
fut lui sans doute aussi qui, pour assurer
momentanément notre sécurité, nous ouvrit les portes de sa maison.

C'est en détournant ce mot de sa si-
gnification commune, que je m'en sers;
car ce fut en effet par les fenêtres, que
nous prîmes notre second vol. A la faible
lueur de la lanterne que nous avait prêtée
notre guide, Didier ayant remarqué que
le baldaquin de la chaire était surmonté
par un grand vitrage découpé dans le
mur, en façon de rose, il ne lui fut pas
difficile, en escaladant le premier, d'atteindre jusque-là, où étant parvenu,
il agrandit, de manière à y pouvoir
passer, la brèche commencée par le
temps. Nous ne trouvâmes aucun risque
à suivre son exemple; ce qui nous plaça
sur une corniche extérieure, dont le cordon circulait autour des arcs-boutans.
Notre élévation au-dessus du sol était assez
considérable; mais à la faveur de l'é
chelle, ou plutôt de la corde à nœud,
dont s'était muni mon domestique, nou
en eûmes bientôt diminué la hauteur. Di

dier était descendu le premier, pour prendre connaissance de la position des lieux, et, comme on dit, sonder le terrain. Il remonta et redescendit, précédant pouce à pouce, et, en quelque sorte, ligne à ligne, l'intrépide Onézyme, pour laquelle je frémissais, mais qui, balancée à cette corde flottante, me rassurait : toujours en s'éloignant, par quelques mots tendres et badins. Mon tour arriva : l'infatigable Didier, reparut au sommet de l'échelle, avec la promptitude et la légèreté d'un oiseau : ce fut alors qu'involontairement je rendis à mon épouse l'effroi qu'elle m'avait donné ; et véritablement, je crois que le sien était fondé. Enfin Didier toucha terre : je l'effleurai presqu'aussitôt, et tombai à-la-fois dans les bras de ce libérateur courageux et sur le sein de mon amie. Oh ! qu'après les angoisses d'un péril certain, les baisers de l'amour sont doux !

Le ciel venait de nous soustraire à tout ce que la fatalité des circonstances, réunie à la duplicité des hommes, pouvait nous dresser d'embuscades. Il réu-

nissait enfin deux cœurs vierges de la
corruption, brûlans l'un pour l'autre de
feux épurés, et fortifiés par la séparation
et le malheur. Il est vrai que, peut-être,
je venais d'acheter cher la possession de
mon épouse; car, s'il me fallait appré-
cier madame de Chevreuse par les sé-
ductions dont elle avait environné cette
tendre Onézyme, je n'avais échappé à
ses amorces que pour tomber plus iné-
vitablement dans ses filets. Pas de ruses
qu'elle n'eût employées pour la faire re-
noncer à moi : tantôt, en lui représen-
tant notre union comme le comble de
nos malheurs passés et la source des plus
grands dans l'avenir; tantôt prétendant
qu'elle ne pouvait être légitime sans le
consentement par écrit de la reine, qui
n'y donnerait jamais les mains; quoiqu'il
y ait quelque apparence, observa mon
épouse, que c'était de l'avis de cette
souveraine que le baron s'était décidé
à notre mariage précipité. La duchesse
ne rougissait pas ensuite de descendre à
la fausseté pour arriver à ses fins: quelquefois elle prétendait que j'étais expi-

rant; et quoique jamais elle n'eût osé ar-
ticuler formellement ma mort, elle faisait assez entendre qu'il était difficile
que je revinsse à la vie. Dans d'autres
circonstances, oubliant toutes ces ver-
sions et contredisant la dernière, elle me
peignait comme un infidèle, que la présence aurait peut être pu contenir, mais
que l'absence refroidissait. Enfin, s'effor-
çant d'innoculer à Onézyme le ferment
d'ambition qui la dévorait, elle n'épar-
gnait ni les caresses, ni les mauvais trai-
temens, ni les menaces, ni les promesses
pour lui arracher son consentement à une
rupture, ou du moins à une séparation,
que l'autorité du souverain pontife, dont
elle se disait assurée, eût bientôt chan-
gée en divorce. Le projet favori de cette
femme dangereuse eût été de me faire
épouser *Mademoiselle*, fille du duc d'Orléans, ce qui eût lié ma cause plus in-
timement à celle des princes, et, en cas
de réussite, leur eût fait partager mes
triomphes et les grands emplois du gouvernement. Il est vraisemblable que telles
étaient les vues que madame de Ché-

vreuse avait eu l'intention de me déve-
lopper, en se ménageant une entrevue
avec moi. Il est naturel aussi de penser
que, si elle eût refusé Onézyme à mon
ardeur conjugale, du moins l'eût-elle,
sous un autre titre, accordée à ma condescendance ; et c'était afin de m'aveu-
gler sur ce qu'un tel accommodement
avait d'injurieux à mon épouse et d'in-
sultant pour moi, que l'artificieuse duchesse avait débuté par me révéler, avec
ma naissance, la possibilité, ce qu'elle
appelait la légitimité et l'autorité de mes
prétentions. Malheureusement mon indo-
cilité avait déconcerté les siennes ; mais
en athlète aguerri, elle avait mieux aimé
pour cette fois, céder à demi, que de
s'exposer à une pleine défaite ; et dans
l'état actuel des affaires, elle devait considérer comme un point important la
signature qu'elle m'avait surprise. Sans
doute que, dans toute autre position, je
l'eusse refusée, ou du moins que la réflexion m'eût épouvanté sur les suites
qu'une telle arme pouvait avoir dans ces
perfides mains : mais ivre du bonheur

de posséder Onézyme, m'était-il permis de songer à quelqu'objet funeste? Est-ce que dans leurs joies ineffables, les anges s'inquiètent de la fureur des démons?

Ainsi, pleins d'innocence, de jeunesse et d'amour, nous cheminions paisiblement, à la tendre clarté d'une lune légèrement nuageuse, sous un berceau de saules et de peupliers, par un petit sentier sinueux, dont l'eau bouillonnante d'un limpide ruisselet humectait le gazon. Quels tableaux remplis de charmes, colorait d'une teinte mélancolique la vapeur diaphane d'une si belle nuit! Au bord d'un horizon embrumé, brillait par intervalles, les pointes argentées du croissant, sur lequel se déployaient, sous mille formes variées, de longues zones de nuages, semblables à des toisons transparentes. Sur nos têtes, d'un point de l'hémisphère à l'autre, l'écharpe que la main du créateur a tissue de mille soleils pour en ceindre les cieux. Derrière nous le gothique monastère, dont, comme deux colombes échappées aux filets, nous

fuyions les verroux, et qui élevait dans
les airs l'énorme masse de ses murs noircis par l'ombre ; mais plus près, autour
de nous, des objets rians et doux. Un
petit canal, dont les flots, que brisent
des cailloux, étincellent en réfléchissant
la lueur des étoiles ; de souples arbustes
qui balancent, au gré du vent, leurs
rameaux flexibles ; d'autres dont l'air
agite de modulations musicales le mobile
feuillage ; une pelouse fine et verdoyante
sur laquelle glisse une lueur veloutée ; çà
et là, quelques chaumières tranquilles,
d'où les soucis n'approchèrent jamais,
et qu'habitent le contentement et le repos, enfans du travail. Le chantre har-
monieux des nuits, le plaintif rossignol,
enchantait celle-ci de ses accords. Caché
sous une feuillée touffue, il essayait, en
gémissant, la complainte des regrets,
écoutant en silence d'autres Philomèles,
qui répétaient au loin ses sons en les affaiblissant. Onézyme, doucement émue,
soupirait et pressait ma main sur son
cœur. Bientôt il entonna les champs du
triomphe, le cantique de l'hyménée :

nous touchions alors aux maisons du village et la première aube teignait de vermillon la rive orientale. Didier nous quitta, afin de prévenir Nicette ; nous restâmes seuls. Seuls, enfans de la nature et près de notre mère !... Non loin, se courbait, en voûte un buisson tout chargé de roses ; j'osai, d'une main tremblante, entraîner sous cet abri Onézyme qui céda en rougissant. Un tapis de fleurs brillantes de rosée se changea en lit nuptial, et les guirlandes de l'églantine s'abaissèrent sur nos têtes pour nous couronner.

. . . .

. . . .

Si je n'écoutais que le cri de ma conscience et l'instinct de mon cœur, je briserais pour jamais, je foulerais à mes pieds le pinceau qui vient d'esquisser ce tableau de ma félicité. On a pu remarquer combien, dans cette partie de ma narration, mes teintes, ordinairement si lugubres, s'étaient éclaircies et quelquefois égayées. C'est que, dans ces souvenirs, ainsi que dans l'entreprise qu'ils perpétuent, soutenu par l'espoir de la

conquête et par le prix du combat, je
sentais s'animer mon courage et se roidir
mon intrépidité. Il est une époque dans
la vie, il est quelques circonstances où
l'homme croit pouvoir tout ce qu'il veut;
et cette heureuse présomption est à-la-fois
la garantie et le moyen de ses succès.
Alors l'énergie qui circule dans ses veines dilate et enflamme son cœur; son
entendement s'agrandit, comme sa sensibilité devient plus exquise. Il n'éprouve
que des affections généreuses, il ne conçoit que d'héroïques pensées. Cette situation qui dégage l'âme de ses liens maté-
riels, la ravit dans un univers idéal, où
tout est modelé sur la perfection. Aux
yeux dotés de ce prisme divin, une sorte
de voile se déploie sur la nature morale:
tout y devient exemplaire et bon. Une
incorruptible probité est le trésor des
hommes; une aimable pudeur est la pa-
rure des femmes. Avec la force et le caractère des héros, on a la douce simplicité des enfans. Le vice fuit; le crime,
n'ayant plus d'existence, ne reçoit plus
de nom; la vertu, qui consiste en efforts,

est ignorée : on ne connaît que l'innocence. La possession d'un instant de bonheur, l'éclair rapide de sa jouissance, la
seule espérance de le savourer peuvent
produire cette illusion; mais qu'au moment où les lèvres ont touché cette coupe
enchantée, lorsque quelques gouttes de
ce philtre, en les humectant, ont re-
doublé notre soif d'être heureux; qu'en
cet instant un revers nous l'arrache ou
un choc la brise, tout-à-coup la foudre
tombe et le charme est détruit. Notre
cœur se flétrit, notre âme se dessèche,
la lumière de notre génie flotte incertaine; nous redescendons par une chute
rapide dans la corruption de notre nature
perverse. Si le bonheur crée des héros,
l'infortune fait des criminels. L'envie
abreuve ceux-ci de ses venins: la défiance
jette ses reptiles dans leur cœur; l'univers
s'enveloppe d'un crêpe sanglant; on ne
respire plus que pour haïr; on recher-
che l'obscurité de ces nuits terribles, où
sur les bords escarpés des torrens, s'é-
lèvent de leurs ondes mugissantes, des
spectres hideux qui s'y abîment à la lueur

des éclairs. Cieux ! tonnez sur ma tête !
terre, engloutis-moi ! qu'un second déluge submerge le monde ! qu'il s'embrase
aux feux d'une sinistre comète ! Puissé-
je périr sous les ruines de l'univers ! —
Voilà les vœux de l'homme malheureux ! (1)

Ce furent long-temps les miens, quand
l'égoïsme m'avait poussé à mêler l'univers à ma cause, à le confondre dans ma
haine et dans mes besoins de vengeance.
Aujourd'hui que la résignation est venue,
sur les pas du tems, amollir mon cœur et

---

(1) Oui, de l'homme malheureux *sans religion*. Ra-
battons un peu ces fumées misanthropiques, et réduisons
à leur juste valeur ces gigantesques hyperboles. La plupart des infortunes contre lesquelles l'homme crie avec
tant d'amertume, outre qu'elles viennent de sa faute,
et par cela même sont réparables, ne lui semblent si in-
supportables que parce qu'il attache trop de prix aux
objets dont elles l'ont privé. Les autres revers irrépara-
bles sont les pertes dont le cœur saigne et gémit. Aux
premières il faut opposer la modération, le travail surtout, les plaisirs de la médiocrité et ceux de la famille. Aux
autres, les larmes, les regrets, la charité qui les adoucit,
le temps qui console, et surtout la grande pensée de la
mort, moyen d'éternelle réunion et source d'immortalité.

modérer mes esprits ; je tâche, au défaut
d'œuvres plus méritoires, de me faire de
mes malheurs un trésor céleste. Il fut un
temps où la religion ne s'offrait à moi que
sous l'image d'une vierge sévère, dont la
main, armée d'un glaive, semblait prête
à punir : maintenant, je la vois comme
une tendre mère qui ouvre aux faibles-
ses des siens ses bras compatissans. A son
aspect, je retrouve quelque constance :
ma voix reprend un peu de forces pour
continuer ce lamentable récit.

Nicette, avec une tête que le tempé-
ramment égarait quelquefois, avait un
cœur de son pays, franc, jovial et bon.
Elle nous accueillit secrètement, et n'alla
prévenir ses maîtres de notre arrivée
qu'après nous avoir installés. J'exigeai
qu'Onézyme fatiguée se mît au lit, où
bientôt elle céda au sommeil. Que je
trouvai de douceur à la contempler colorée, pour ainsi dire, des roses nup-
tiales ! Qui n'aurait été que son amant,
eût pu admirer ses charmes ; son époux,
plus heureux, honorait sa pudeur.

Je ne l'outragerai point, en décrivant

8.

les plaisirs dont nous rendîmes témoins
cette simple chambre d'auberge. Elle
était devenue pour nous le palais de l'a-
mour, le temple de la félicité ; mais elle
fut aussi celui du mystère et de la discrétion. Jamais la main d'un profane n'a sou-
levé la rustique étamine qui couvrit notre
premier lit conjugal.

Deux jours s'écoulèrent ainsi dans un
transport continuel et dans l'échange
toujours renaissant des plus douces voluptés. Didier, parti dès le lendemain,
devait revenir, accompagné de M. des
Anglecourts, avec lequel nous concer-
terions le plan d'une conduite prudente
et tranquille.

Dans la matinée du troisième jour,
mollement renversé sur le sein d'Onézyme, j'y goûtais ce calme bienfaisant
qui n'est déjà plus le repos et prépare
au réveil, lorsque plusieurs voix s'entre-
croisant à notre porte, me tirèrent de
mon assoupissement. Nicette entra, moitié riant, moitié alarmée : monsieur, dit-
elle, c'est à vous qu'on en veut. La gouvernante de votre Césarine, cette vieille

méchante que Dieu confonde, vous à
entrevu hier de son appartement, où elle
est retenue par la fièvre. Convaincue que
vous êtes son élève, elle veut vous re-
conquérir de vive force; et, pour y parvenir, elle a eu recours à la justice du
lieu. Je vous annonce monsieur le Magister.

En effet, c'était lui-même. S'il restait
encore sur ma palette quelques-unes de
ces nuances gaies dont on ébauche les
caricatures, je ne manquerais pas de l'employer pour peindre celle-ci. Quoiqu'il
fût à peine jour, il était en costume : le
justaucorps marron, le baudrier jon-
quille, la perruque *in-folio*, les gants à
franges, la moustache à la Henri IV, et
un maintien à l'avenant. Il m'appelait
mademoiselle, et entremêlait ses excuses
de complimens. Mon épouse, tremblante
sous ses draps, attendait la fin de cette
scène, que l'antique duègne de Césarine
rendait plus comique par ses reproches
et son emportement. Nicette riait aux
larmes.

Monsieur, dis-je au magistrat campa-

gnard, il y a ici une erreur bien facile à
rectifier et qui est fondée sur une sin-
gulière ressemblance. Vous cherchez une
demoiselle, dont il est vrai j'ai la figure,
mais qui n'a pas mon sexe. S'il vous fallait des preuves plus convaincantes, je
vous dirais que je suis marié, et que la
personne que votre visite a troublée, est
mademoiselle des Anglecourts; je suis
son époux.

En voici bien d'une autre, s'écria le
Magister, en donnant tous les signes de
l'étonnement : quoi, vous seriez?... Mais
attendez un instant, je reviens aussitôt.
Vous, gardes, ajouta-t-il à deux paysans
armés de vieilles hallebardes, vous me
répondez de ce jeune homme.

La gouvernante s'était retirée en gro-
gnant. Nicette me conseillait de fuir et
m'offrait cent moyens d'évasion. Onézyme elle-même ne répugnait pas à ce
parti : je pense que deux jours auparavant, elle ne l'eût pas approuvé. Non,
répondis-je, on donne trop d'avantage
à ses ennemis lorsqu'on fuit leurs atta-
ques. Je commence à n'être plus seul

dans le monde, voyons ce que de nouveau me veut le destin.

Le destin voulait que M. le Magister revînt avec le signalement, non de Césarine, mais de Charles. Il avait des ordres pour m'arrêter sous ce dernier nom. Nous crûmes deviner d'où le coup partait; mais il était revêtu des formes légales, il fallut obéir. J'obtins cependant du juge subalterne, qui, quoique ridicule, était complaisant, que la chambre où il me trouvait me servît de prison. Il y consentit, jusqu'à des ordres ultérieurs.

C'est donc à mon tour d'être détenu! Quand nous fûmes seuls, ma femme se jeta dans mes bras en pleurant. Ce revers n'était pas assez accablant pour m'avoir ôté les moyens de sécher ses larmes.

Le baron, qui arriva le soir, nous mit sur la trace des conjectures. Celles que nous nous étions permises, lui parurent mal fondées. Il y avait tout lieu de penser que je devais mon emprisonnement aux imprudences de M. de Beaufort, qui en mon nom, soulevait des mécontens

et armait quelques gens sans aveu. Quand
mon oncle, ou plutôt mon père, apprit
nos aventures au couvent des Clarisses,
mon entrevue avec madame de Chevreuse, surtout le consentement que j'a-
vais donné à la formation d'une nouvelle
ligue, il frémit et me reprocha amèrement mon imprudence. Mais elle est
commise, ajouta-t-il, il faut essayer d'en
arrêter les suites. Vous allez être trans-
féré dans le château d'une petite ville
peu éloignée qu'on appelle *Fontenay*;
c'est ce que j'ai appris du magister,
chargé de faire demain cette expédition.
Durant votre séjour, je pars pour Paris
avec ma fille, dont on me fait espérer
que j'anéantirai facilement l'arrestation
illégale. Libre de ce côté, je fais valoir
auprès de Leurs Majestés, l'amitié dont
elles m'ont si long-tems honoré; je me
porte votre caution et démens tout ce
qu'on pourrait tenter qui vous fût re-
latif. Avec ces précautions, des amis, du
mouvement, du zèle et de l'or, je par-
viendrai peut-être encore à voir mes enfans heureux et réunis. Ah! que la pau-

vre Jobin, que l'accident de ma fille a
tant vieillie, rajeunira agréablement, si
mon espoir n'est pas trompé!

Les sentimens sont inépuisables et toujours nouveaux pour les cœurs qui les
éprouvent; le récit de leurs effets peut devenir fastidieux. Je ne décrirai donc point
cette nouvelle séparation, dont on com-
prend assez les souffrances, ni la translation qui la suivit, ni le nouveau séjour que
la fatalité me condamnait à habiter. J'y de-
meurai près de deux mois, sans autres
nouvelles que des lettres d'Onézyme et
du baron qui me les envoyaient ouvertes.
Tout ce que j'y appris, c'est qu'on ne
s'occupait nullement de nos affaires.
Enfin, après un silence de huit jours,
durant lesquels les mesures qui environnaient ma détention avaient subi un re-
doublement de sévérité, le baron m'é-
crivit:

« La mort du roi, ou plutôt ses suites
» ont tellement occupé les esprits depuis
» quelques jours, qu'il m'a été impossi-
» ble de m'entretenir avec toi, mon cher
» enfant. Après une longue maladie, ce

» prince a achevé de mourir, sans qu'on
» le remarquât beaucoup et surtout sans
» qu'on le regrettât. La reine a été nom-
» mée régente et confirmée par le Par-
» lement aussi bien que par les princes.
» Tous ces derniers sont rappelés. Ma-
» dame de Chevreuse, sortie de sa re-
» traite, a paru à la cour avec le mar-
» quis de *Châteauneuf;* mais la régente
» qui les redoute, les a glacés par une
» politesse froide et ces civilités qui dé-
» concertent. C'est cette duchesse qui
» avait surpris la religion d'un secrétaire
» d'état, pour en obtenir la détention
» d'Onézyme qu'elle n'imaginait guère
» ton épouse. Elle avait le projet de te
» donner à Mademoiselle, afin d'appuyer
» l'une par l'autre la cabale qu'elle forme
» pour les princes et celle qu'elle vou-
» drait former pour toi. Je m'exprime
» mal, en disant pour toi; car dans le
» fond, tous ces beaux semblans de pro-
» tection et de zèle, auxquels j'avoue que
» j'ai cru long-tems, ne sont que le mas-
» que d'un grand amour-propre et d'une
» excessive ambition. Mais la reine au-

» nonce hautement qu'elle veut gouver-
» ner et non être gouvernée. Le premier
» acte de son administration a été ton
» élargissement, que tu as dû recevoir
» aujourd'hui. En ce moment, elle ne
» veut de toi, pour actions de grâces,
» que de la prudence. Dans peu, sans
» doute, on pourra moins être réservé.
» Hier soir, elle m'envoya un portefeuille
» qui contient quelques lettres intéres-
» santes pour toi : nous les lirons bientôt
» ensemble. »

Et par apostille : « La faveur du car-
» dinal Mazarin n'a été problématique
» qu'un moment. Comme c'est à son
» adresse que la reine doit la plénitude
» des prérogatives de la régence, que le
» feu roi avait fort limitées, elle vient de
» l'en récompenser par son élévation au
» premier ministère. Cette Eminence a
» toute la ruse d'un italien fondue dans
» l'amabilité française. Il est l'ami du duc
» de *Liancourt*, de mylord *Montaigu*,
» l'ancien confident de votre père ; il est
» surtout puissamment recommandé par

» notre intime le P. Vincent. Je ne doute
» pas qu'il nous soit utile. »

Il n'y avait pas deux heures que j'a-
vais reçu cette lettre, lorsque le retentissement prolongé de la clochette du pont-
levis, en nous annonçant une visite extraordinaire, me fit présumer mon élargissement. On introduisit dans mon
appartement le bailli de Fontenay, accompagné d'un militaire de moyen âge,
dont la physionomie était prévenante et
les manières polies. Il s'annonça comme
envoyé près de moi de l'ordre de Sa Majesté, Louis xiv⁰ du nom, par la régente
sa mère et par M. le cardinal-ministre.
Ce dernier titre, qui me rappelait si vivement mon persécuteur, me causa une
sensation désagréable. Le militaire qui
se méprit à mon geste, me protesta que
l'intention du gouvernement n'avait rien
d'alarmant pour moi; qu'il ne fallait
montrer qu'un peu de complaisance et
de docilité. Je n'entendais rien à cet
exorde et priai qu'on me l'expliquât plus
clairement. C'est, répondit mon interlo-

cuteur, ce qui m'est expressément défendu. J'ai ordre de vous extraire de ce
château, de vous recevoir dans une voiture et de vous conduire à une nouvelle
destination. Voilà, monsieur, à quoi se
borne ma mission; le cours et le terme
de votre voyage vous en apprendront
davantage. — Mais, monsieur, je ne suis
donc pas libre, ainsi que me le fait espérer, que dis-je! ainsi que me l'annonce
positivement cette lettre du baron des
Anglecourts, mon beau-père? L'officier
prit la lettre, la parcourut d'abord très
superficiellement, puis il en fit une seconde lecture plus réfléchie; et me la
rendant avec un soupir : non, ajouta-t-il,
vous n'êtes pas libre. — Savez-vous, du
moins?..... — Je sais rien, monsieur, et
ne dois rien savoir. Epargnez-moi de
grâce, les questions de cette nature, qui
mettent à une trop rude épreuve mon devoir ou ma sensibilité.

Le malheureux qui se noie a-t-il saisi,
parmi le tumulte des vagues, un frêle so-
liveau, son cœur, qui déjà se serrait dans
les angoisses d'une mort prochaine, se

rouvre à l'espérance; et ses membres épui-
sés retrouvent une nouvelle souplesse et
de nouveaux efforts. Mais, sous les chocs
de l'onde, si cet appui tournoie et s'é-
chappe, avec lui disparaissent à la fois et
les forces et l'espoir. L'infortuné suc-
combe; ses membres flottent submergés,
et sur son front, que montre par intervalles l'agitation des eaux, se tracent
toutes les horreurs d'un tragique trépas.
Voilà le tableau de ma situation. Quelques
instans auparavant, je me voyais hors de
cette sinistre enceinte, où de menaçantes
précautions redoublaient la sérieuse magnificence d'une construction séculaire.
Ici, me disais-je, de noirs créneaux, des
tourelles habitées par les hiboux, des
meurtrières hérissées de canons, de rau-
ques verroux, des chaînes retentissantes,
des fossés larges et profonds, des barrières
multipliées; ici l'esclavage et les douleurs:
au delà, de frais ombrages, des prairies
verdoyantes, des fontaines qui jaillissent,
des troupeaux qui paissent, des oiseaux qui
chantent leurs amours et l'indépendance;
au delà, les charmes de la nature et de la

liberté. Et plus loin ? Plus loin le ciel avec
Onézyme, le bonheur sur la terre, au
sein de ma famille et de la médiocrité.

Quel affreux réveil a chassé des songes
si rians ? Ah ! Placide, sage et pénétrant
Placide, je commence à voir se réaliser
vos prédictions ! Ce ne fut point un astre
imposteur que vous consultâtes, mais la
connaissance de ma déplorable origine.
Vous n'ignoriez pas, sans doute, que le
fruit du malheur et du crime doit être la
proie des proscriptions.

C'était dans l'embrasure de ma fenêtre,
en jetant un regard d'envie sur la plaine qui
termine l'horizon, et pendant que le bailli,
sous la dictée de mon nouveau gardien,
rédigeait l'acte de ma translation ; c'était
alors que je me livrais à ces réflexions et
à ces rêveries. L'acte terminé, et mon paquet rapidement fait, on me fit traverser
la première cour et le premier pont-levis.
Dans la seconde, se trouvait, attelée par
quatre bons chevaux, une voiture de cam-
pagne, qui, à l'extérieur, ne différait en
rien de tous les équipages de ce genre,
mais dont les glaces étaient masquées par

des contrevents brisés. Une portière s'ouvrit, je montai, l'officier se plaça à côté
de moi, ferma intérieurement, et me fit
remarquer que si la disposition de la voiture ne permettait pas à la vue de s'étendre ni même de s'exercer, deux soupapes
pratiquées à l'impériale suffisaient pour
rafraîchir les courans d'air indispensables
à la santé. Tandis qu'il me faisait faire
cette observation, j'avais mieux encore
noté que sa ceinture était hérissée de
quatre pistolets, qu'à son baudrier était
suspendu un court et large damas, et qu'à
l'ampleur de ses vêtemens, on pouvait
soupçonner qu'il y recelait un arsenal
secret. Tout cela, qui me donnait beaucoup à penser, ne pouvait que jeter dans
notre conversation une teinte de défiance
et des momens de taciturnité.

Surtout ils étaient longs de la part de
mon compagnon, qui ne m'adressait jamais la parole, mais qui répondait exactement et brièvement à toutes mes questions, hormis à celles dont l'éclaircissement
m'aurait intéressé davantage. D'ailleurs,
froidement poli, sans rudesse comme sans

égards, parlant avec correction, et autant qu'on en pouvait juger par quelques réflexions involontaires, dévoué sans réserve, et quels qu'ils soient, aux dépositaires de l'autorité.

Nous courrions la poste, et les relais, apparemment commandés d'avance, ne se faisaient pas attendre. La voiture garnie de comestibles permettait que nous ne descendissions pas pour prendre nos repas ; quand il s'agissait de besoins indispensables, on me plaçait un bandeau sur les yeux ; et s'il fallait sommeiller, un ressort du fond de la chaise venant à jouer, la métamorphosait en dormeuse assez commode.

Six interminables journées se passèrent de la sorte, sans qu'il arrivât, dans nos positions respectives, aucun changement. Il paraît que les postillons, prévenus d'avance, étaient également payés, car je n'en vis pas un seul. Le septième jour, vers midi, au moins autant que j'en pouvais juger par l'excessive chaleur que nous respirions, laquelle eût été insupportable sans des couches d'air glaciales qui cou-

laient de temps en temps au dessus de
nos têtes; le septième jour donc, mon
conducteur fit arrêter, descendit, me
présenta la main et m'invita de le suivre.
J'obéis avec un peu de répugnance, car
le silence absolu qui, depuis plus de vingt-
quatre heures, régnait autour de nous,
avait porté dans mon âme une défiance
sombre qui la rendait accessible aux plus
sinistres soupçons. Qu'on imagine, s'il est
possible, la singularité de ma sensation,
lorsqu'après avoir jeté les yeux partout
et essayé de les promener sur l'horizon,
je fus contraint de les baisser sous le poids
d'un éclat inattendu. Des campagnes de
neige m'environnaient, j'étais ébloui: je
respirais au milieu des Alpes.

Après le premier moment payé à la
surprise, mon guide permit que j'en
consacrasse quelques-uns à l'examen. A
quelques pas de notre voiture, je vis
une litière, auprès de laquelle étaient
groupés quatre jeunes paysans dont les
physionomies me semblèrent plus remarquables encore que l'habillement. Ils
aidèrent les postillons à faire passer, de la

voiture dans la litière, quelques provisions, une cave de liqueurs des îles, dont
le militaire avait voulu que je me munisse,
et que j'ai cru long-tems empoisonnées;
enfin un petit nombre de livres et quelques effets à mon usage. Pendant l'opération, cet officier m'expliquait les divers
points, les beautés variées du paysage,
que pour la première fois j'avais sous les
yeux. Nous nous trouvions sur la pente
douce et sinueuse d'un sentier frayé au
milieu des neiges durcies; au-dessus de
nos têtes, à droite, s'avançaient d'énor-
mes rochers de glace qui affectaient,
dans leurs figures et leurs positions, les
formes et les attitudes les plus bizarres.
Plus loin, obliquement à la direction que
nous allions prendre, le même sentier
s'élevait toujours en montant presqu'à
pic jusqu'à l'entrée d'un petit pont jeté
au milieu des nuages, sur un abîme,
entre deux montagnes : cet aspect me fit
frémir. En ramenant nos regards devant
nous, à perte de vue, ils erraient sur une
mer immense de neige, dont les flots
saillans et glacés étaient des montagnes,

dont les vagues et les ondes recourbées
formaient des vallons. De toutes parts les
glaces, les neiges, les frimas, combinés
de mille manières inimaginables, pré-
sentaient les configurations les plus sur-
prenantes : on eût dit des temples d'albâtre, des péristyles de marbre blanc,
des colonnades, des obélisques et des
coupoles de cristal. Le soleil brisait en
riches nuances ses rayons partout répé-
tés. C'étaient d'immenses zones d'un tissu
d'or et de rose, qui flottaient aux croupes
des montagnes; c'étaient des courtines de
vermillon et d'argent étendues sur leurs
flancs; c'était un amas éblouissant de
pierreries étincelantes des plus vives couleurs, ou plutôt c'était un spectacle que
le pinceau ne pourrait saisir, que la
poésie ne saurait exprimer, et que le
Créateur offrit au silence et à l'admiration.

Ce premier coup d'œil donné, l'officier me fit entrer dans la litière et s'y
plaça près de moi. Alors nos porteurs
commencèrent à monter avec une étonnante célérité. Aux approches du pont,

je ne pus me défendre d'éprouver une forte palpitation ; et glissant le regard au-dessous de moi, je sentis se dresser mes cheveux, à l'aspect d'un effroyable abîme où s'engouffraient les nuages. Oui, l'univers est créé pour l'homme, puisqu'il en dispose en maître. Pour conquérir ses continens, a-t-il fallu qu'il franchît une de ses profondes cicatrices que, sans doute, reçut le globe aux commotions du déluge ? rien ne l'a effrayé ni arrêté. Les chamois se sont vus forcés jusque sur leurs redoutes escarpées ; l'aigle des montagnes n'a plus trouvé de rocs où asseoir son aire. L'homme s'est montré ; sur l'abîme il a penché un fragile sapin ; des armées n'ont mis que quelques lignes entre la mort et elles ; et des noires forêts de la Suabe, les Germains, entraînant la victoire, ont fait du haut des Alpes fondre la défaite sur les dominateurs de l'univers.

De telles réflexions, inspirées par ces aspects inattendus et par ce passage téméraire, sont, pour ainsi dire, des fruits du climat. J'en entamais le commentaire

particulier, quand nos porteurs s'arrêtèrent tout à coup. Sortons un instant,
me dit l'officier, je veux vous faire jouir
d'un étonnant spectacle, auquel tout ce
qui nous environne servira fort bien de
décoration. Le point de vue était changé.
On ne saurait mieux en donner une idée
qu'en le comparant à ces sublimes paysages de l'antiquité, qu'ont reproduits les
savans crayons du Poussin. Toutefois
celui-ci, plus bizarre et moins régulier,
offrait un mélange de sites qu'on eût cru
dérobés à la Grèce, et de perspectives
empruntées de l'Egypte ; bien entendu
que les matériaux dont la nature s'était
servie pour le composer ne différaient en
rien des premiers : c'étaient toujours un
épouvantable amas de glaces, de neiges,
de frimas, et de toutes ces substances
brillantes dont l'hiver détache, sur nos
climats tempérés, de minces échantillons.
Ici il étalait sa pompe éblouissante et tout
son luxe sauvage. Sur le triple rang de
cent collines entassées, se déployait, en
vaste amphithéâtre, une cité d'architecture grecque, avec ses murailles de mar-

bre, ses portiques d'albâtre, ses édifices transparens et ses dômes de cristal. Des groupes d'efflorescences, tout étincellantes de givres, figuraient des bosquets de coudrier, des avenues de tilleuls et des forêts de sapins. Au revers de ces agrégations, du sommet escarpé d'un bloc de rocailles, se précipitait un fleuve dont le froid avait frappé les ondes d'immobilité; elles semblaient tomber et se briser en cascade bouillonnante, puis réunir leurs filets dispersés, en un lit tranquille qui dormait au fond du vallon. Sur ces bords, tapissés d'un gazon de givres, on admirait plusieurs obélisques gigantesques, des arcs de triomphe, des monumens funèbres et une imposante pyramide. Comme celles de Memphis, elle dressait jusques au delà des nuages sa cime sourcilleuse, autour de laquelle se formait la foudre. La magnificence des cieux s'accordait avec cette magnificence des montagnes. Sur ces immenses constructions d'albâtre, ils avaient tendu leur pavillon d'azur, au centre duquel, suspendu comme une lampe d'or, l'astre du

jour versait des torrens de lumière et de
feux. Errans çà et là dans l'espace, des
rideaux de nuages se teignaient de leurs
riches couleurs, en modérant leur activité, et réfléchissaient sur la contrée ces
teintes diaphanes, ces accidens lumineux
qui lui donnaient quelque chose de magique et de divin.

Au moment où j'admirais l'appareil
de cette perspective sublime, un grand
mouvement vint l'animer : mon oreille
saisit un craquement sourd et lointain,
que mille cavités souterraines répétèrent
en échos prolongés. Aussitôt, presqu'en
face de nous, mais à une distance considérable, s'ébranle et chancelle une épouvantable coupole de neige, qui se détache, bondit, se brise en blocs, roule et
se précipite avec fracas, de la pointe des
escarpemens dans le creux des précipices,
entraînant avec soi des torrens de glaçons, dont le heurt et les chocs redou-
blent les bruits multipliés par l'écho. Au
même moment, d'un petit nuage, semblable à une fumée rousse, l'éclair brille,
le tonnerre gronde, et c'est alors que la

scène prend un caractère formidable.
Aux bruissemens qui circulent de montagnes en montagnes, leurs cimes s'é-
branlent, s'inclinent et roulent en bon-
dissant. Tout tremble, tout s'agite autour
de nous. Des sources de neige jaillissent
et s'élancent, des cataractes de glace
fondue courent sur les rocs, qu'elles
mettent à nu. Le fleuve a cessé d'être
immobile; il emporte avec ses eaux écu-
meuses les débris de ces édifices fantas-
tiques, qu'un souffle a renversés. Au milieu
de ces mouvemens et de ces bruits, la
pyramide repousse toute atteinte; sa masse
colossale semble fatiguer la tempête, qui
s'apaise insensiblement, calmise peu à
peu, et se tait. Le paysage a reçu un
nouvel aspect: le silence s'y établit de
nouveau, et n'est troublé que par les cris
de quelqu'aigle désolé, dont l'avalanche
a détruit l'aire et dispersé les petits.

Nos porteurs, accoutumés à ces phé-
nomènes, reprirent leur chemin, qu'ils
nous assurèrent avoir toujours été épargné. Nous descendîmes quelque temps
encore par diverses sinuosités qui nous

placèrent subitement en face d'une avenue de grands sapins, au delà desquels
s'élevait un vieux château fort. La teinte
rembrunie de cet édifice, aussi bien que
la sombre verdure des arbres, contras-
tait parfaitement avec la blancheur des
neiges que nous venions de traverser. Une
double muraille de briques, et par con-
séquent deux fossés, entourait cette
citadelle, bâtie de temps immémorial,
et restaurée par François 1er, qui s'y était
ménagé une retraite pendant ses guerres
d'Italie. On lisait encore en plusieurs en-
droits le chiffre de cet aimable et galant
chevalier : c'était un F enlacé dans un
S; ce qui me fit présumer que cette dernière lettre indiquait le nom de la belle
Spinola, cette illustre Génoise, dont l'esprit, encore plus que les charmes, avait
captivé le monarque conquérant. La plupart de ces chiffres se trouvaient dans
des guirlandes de fleurs que rongeait la
mousse, ou que le temps avait presque
effacées. En voyant ces souvenirs d'amour
parmi des trophées guerriers, je songeai
aux lieux qu'avait égayés mon enfance,

et me demandai si ceux-ci étaient destinés
à contrister ma jeunesse ; je songeai surtout à Onézyme, et je pleurai.

Mon officier était le gouverneur de ce
château, et j'étais son seul prisonnier.
Une fois dans les remparts qui lui étaient
soumis, il devint plus communicatif ; il
me fit connaître la raison pour laquelle il
m'avait fait traverser la France sans pouvoir être vu. Jusqu'à présent, me dit-il,
j'ignore qui vous êtes, et tout le temps
que je ne l'aurai point appris de mes supérieurs, je dois l'ignorer ; mais une
chose dont je puis m'entretenir avec vous,
c'est que vous êtes porteur d'une aimable et malheureuse physionomie, dont
la ressemblance......—Je vous comprends
et la connais ; mais il est impossible qu'on
me prenne jamais pour l'auguste personnage qui la partage avec moi. — Aussi
n'est-ce pas cette crainte qui agite le gouvernement ; il sait que la distance des âges
est telle, qu'une méprise de ce genre est
difficile.—Hé bien ! qu'a-t-il donc à redouter ?—Ce paquet vous instruira mieux
que des éclaircissemens de ma part ; aussi

9

bien suis-je peu propre à m'initier dans
les secrets de l'Etat. Assez bon soldat peut-
être, je n'entends rien aux démêlés de la politique, et ne sais qu'obéir lorsque ceux
qui me commandent en ont l'autorité.
Lisez les détails contenus sous cette enveloppe. Je souhaite qu'en vous éclairant
sur votre destinée, ils contribuent à l'a-
doucir.—Un mot, s'il vous plaît : Qui
vous a remis ces dépêches ?—Un secrétaire de M. le cardinal.—Vous n'avez pas
vu un vieillard dont le maintien noble
et la figure prévenante ?..... — Non.—Ni
une jeune personne charmante..... et
désolée, sans doute ?.....—Je n'ai vu personne. Lisez.

Seul, exilé de la France, captif au fond
de ces montagnes, loin de tout ce qui
m'aime et que j'adore, instruit par le
passé à redouter l'avenir, n'ayant pour
confident de mes douleurs qu'un étranger qui ne peut ni les comprendre, ni
les partager; est-il un sort plus déplorable? est-il une situation plus funeste?
C'était en me promenant à grands pas
dans une chambre spacieuse, dont le

gouverneur avait fermé la porte, que je m'abandonnais à ces réflexions. Sur une table, sous mes yeux, était le paquet cacheté : je n'éprouvais nul desir de l'ouvrir. Mon cœur, contracté par le concours de tant de peines, ce cœur si aimant et si tendre semblait se durcir dans mon sein ; j'entrais dans la froide apathie du désespoir, et commençais à méditer sur les moyens d'en abréger le terme. Machinalement, ou plutôt par une secrète impulsion de la Providence, ma main atteignait cette enveloppe, mes doigts froissaient ces cachets. Il y en avait trois sur lesquels j'arrêtai les yeux. Oh! quelle émotion nouvelle, quand à côté du sceau ministériel, je reconnus les armes du baron et mon chiffre enlacé dans celui d'Onézyme! Qu'avec transport j'imprimai mes baisers sur ces gages de souvenirs! Je n'étais donc pas entièrement délaissé! Il était encore des cœurs dans lesquels je vivais! De douces larmes coulaient de mes yeux, des soupirs soulageaient ma poitrine ; j'ouvris ces précieuses dépêches, où, parmi plusieurs lettres, je démêlai sur-le-champ celle de ma femme. Elle versait sur mes blessures des pleurs qui calmèrent leurs souffrances. Mais je ne veux pas enfler d'une épître seulement consacrée à l'amour, ces Mémoires déjà si prolixes et si volumineux. Je crois plus utile de les éclaircir, en rapportant la missive du baron relative à mon dernier événement. J'y joindrai quelques unes de celles que provoquèrent la venue et la présence du duc de Buckingham à la cour de France. En faisant mieux connaître plusieurs personnages qui jouent un rôle dans mon histoire, elles jetteront aussi le plus grand jour sur ma naissance, enveloppée jusqu'ici dans une obscurité profonde. C'est ainsi qu'une fatalité sans exemple rapprochait en quelque sorte mon berceau de mon cercueil; et c'est encore cette tendre et douloureuse union dont j'ouvre l'aspect aux lecteurs.

Voici d'abord la lettre de M. des Anglecourts :

« Ah! pauvre enfant, sous quelle fâcheuse constellation le destin a-t-il placé

tes jours! Jusques à quand seront-ils,
comme une barque sans voiles ni cor-
dages, ballottés sur les vagues de l'infortune? Où s'arrêtera la persécution dont
tu es l'innocent objet? Pourquoi l'opinion te fait-elle un crime du malheur? A
qui demandas-tu le fatal présent de la vie?
Et si l'on t'avait consulté avant de te donner l'être, n'aurais-tu pas détourné la tête
de cette coupe d'amertume? Les cruels!
ils ont résolu de t'en abreuver jusqu'à la
lie!

» Je suis tout en larmes; je ne vois pas
ce que j'écris : ma main tremble et se refuse aux émotions de mon cœur. O Dieu!
qui m'aurait dit que cet enfant, dont je
faisais ma joie et mon orgueil, était né
pour mon malheur? O reine! était-ce là
le prix que vous réserviez à ma fidélité?
O mère! était-ce la preuve qu'il devait
attendre de votre tendresse?

» Mais la politique, mais la raison
d'État? Ah! je n'entends rien à ces mots
affreux, sinon qu'ils glacent la nature et
déchirent mon cœur. Ils furent inventés
par d'odieux tyrans qui couvrirent la

haine contre leur sang d'un voile sacré;
depuis ils sont devenus le prétexte de
l'ambition. Qu'ils périssent à jamais, eux
et leur souvenir! ou si vous voulez en
faire usage, que ce ne soit pas contre
mon fils. Oui, barbare, c'est mon fils!
C'est moi qui remuai son berceau, qui
guidai à la lisière ses pas mal assurés,
qui déliai sa langue. Le premier mot
qu'il bégaya fut celui de *père*; il me souriait en le prononçant; il me tendait ses
bras enfantins, et vous l'arrachez de mes
bras!

» Malheureux vieillard! que te reste-
t-il sur la terre? Une fille, non moins infortunée, dont il faut encore que j'essuye
les larmes, à qui surtout il faut que je
cache les miennes. Oui, si désormais je
veux pleurer, il faut que je pleure solitaire; je n'ai plus mon fils pour épancher
mes douleurs. Ah! si je le possédais, m'en
resterait-il? n'est ce pas sur lui seul que je
gémis?

» Je perds tout en te perdant, et pour
comble de maux, on me laisse la liberté
et la vie! Ne pouvait-on m'enfermer à sa

place? Mais je ne suis point une assez noble victime. Aux caprices des rois il faut immoler des têtes royales! Au moins on pouvait me donner la mort! Mais je suis vieux ; chaque pas m'approche de la tombe, et ce coup m'y fera trébucher.

» Alors, je braverai vos haines politiques et vos précautions d'état. Hélas ! mon fils vivra encore ! la jeunesse lui promet de longues douleurs. Et ma fille ? Elle traînera, peut-être un demi-siècle, son lamentable veuvage. Non, la tombe ne sera point pour moi le séjour de la tranquillité !

» Toutes mes idées se croisent et se brouillent : je ne puis que gémir et me plaindre. Tu parcours ces lignes sans les comprendre peut-être, mais non sans être ému. Essayons pourtant d'y mettre quelqu'ordre. Ah ! Dieu ! qu'il est horrible pour un père d'avoir à lire à son enfant une sentence de mort!

» Lorsque je t'écrivis ma dernière, la régente venait de m'assurer qu'elle avait prononcé sur ton sort ; je le crus aisément. Une mère avait protégé son fils, une reine avait rendu justice à son sujet ; rien, dans tout cela, que de simple et de naturel.

» Deux heures après, je reçus un message de sa part, auquel je m'empressai de déférer. Cette princesse m'admit dans son oratoire, où je la trouvai prosternée aux pieds du crucifix. J'en tirai bon augure, car le Dieu de miséricorde n'inspire point de pensées cruelles.

» Un moment après, entra M. le cardinal, qui vint à moi avec un sourire gracieux, m'embrassa affectueusement, me prit la main, et dit à la reine, en avançant de deux pas : M. le baron est l'homme de France auquel Votre Majesté doit le plus ; il n'y a rien que je ne sois heureux de faire pour son service.

» Je répondis que les anciennes bontés du feu roi et la protection actuelle de la reine ne me permettaient plus de rien désirer ; hormis un objet unique, ajoutai-je, en appuyant sur cette expression ; mais j'ai dans la tendresse de Sa Majesté la garantie que cet objet l'occupe autant que moi.

» C'est aussi pour le terminer à fond, que je vous ai mandé, dit alors cette princesse, en se relevant de son prie-Dieu. J'ai donné des ordres, nous serons seuls ; asseyons-nous et jasons d'amitié.

» Oh ! que cet entretien commença agréablement ! M. le cardinal m'avança lui-même un fauteuil, en face de la régente. Elle se plaça sur une chaise longue, dans la posture d'une attention inquiète et tendre. Le seigneur Mazarin prit un siége aux pieds et me parut bien prévenu. Anne exigea que je lui rendisse un compte fidèle et circonstancié de tout ce qui l'intéressait.

» Alors je commençai, dès l'instant où, caché dans un arrière-cabinet secret, d'où j'entendais les cris de la reine, je te reçus des bras de madame de Chevreuse dans les miens. Enveloppé dans mon manteau, j'eus le bonheur de te soustraire à tous les regards et de te porter jusqu'à ma chaise. Je pris la route de Bourgogne, où, en arrivant, je te confiai à la pauvre Jobin. Ah ! cette chère nourrice, elle se mourait du mal-

heur d'Onézyme; quand elle apprendra
le lien, c'en sera trop pour l'achever.

» Voilà d'abord ce que je dis à la
reine. Je lui racontai ensuite ton éducation, ton déguisement, tes inclinations
guerrières, l'amitié que tu montrais pour
ma fille. Quand j'en vins à la visite que
la reine et sa confidente te firent, Anne
pleura beaucoup : elle pleura davantage
au récit de l'arrivée de M. de Buckingham. Pour lors, elle m'interrompit pour
m'adresser deux ou trois questions. M. le
cardinal écoutait avec bien de l'intérêt ;
il me répétait de temps en temps : Ah !
M. des Anglecourts, que de peines, et
que Madame vous a d'obligations !

» J'entrai dans les détails de notre premier voyage, de ta sensibilité, de ton
amour pour ton père, de notre séparation, qui, hélas ! devait être éternelle.
Ta maladie près de Moulins, notre entrée à Moulins, et cette aventure de l'ac-
couchée où le père Vincent joua un si
beau rôle; la visite faite à madame de
Montmorency ; l'histoire de son époux
et jusqu'à tes réflexions sur la sévérité du

père Arnoux : je n'omis rien. Tout sembla faire un plaisir extrême à la régente, qui souriait à travers ses larmes. En vérité, j'oubliais à chaque moment que je parlais à une reine, et ne songeant qu'à ta mère, j'étais un peu long dans mes détails. M. le cardinal me le fit sentir poliment : mais Anne répondit que ce qui regardait ce *pauvre innocent* ne l'ennuyait pas : elle m'ordonna de continuer.

» Je repris à la visite de M. de Beaufort ; visite fatale, qui fut le commencement de tous nos revers. Sous prétexte de vengeance, il vint souffler chez nous l'intrigue et l'ambition. Je le méprise dans mon cœur, dit la reine. M. le cardinal ajouta qu'il s'en doutait, et que pour la punir de ce mépris, il voulait se faire craindre. Anne, à ces mots, soupira profondément.

» Notre retour au château, la scène tragique que madame de Chevreuse t'y avait préparée, ne furent point oubliés. Enfin, avant d'en venir au voyage de Paris, je dis un mot de la jeune Césarine, dont j'ai pénétré l'aventure. Je crus m'apercevoir que la reine rougissait : Voyons, dit-elle, en riant un peu forcément; voyons comment notre petit héros se tira de la conspiration.

» J'en exposai la marche et les résultats; ceux du moins qui n'étaient pas venus à la connaissance de la reine. Il paraît que le cardinal les ignorait pour la plupart; car elle les lui développa avec beaucoup d'étendue. Le ministre redoublait d'attention : il lui échappa plusieurs gestes d'étonnement ; et j'ai la certitude de l'avoir vu pâlir deux fois. La plus remarquable fut quand je te représentai au pied du lit de Richelieu mourant. L'image d'un enfant, qui rivalisait avec la mort pour tenir le poignard levé sur le maître de l'Europe, fit frémir visiblement son successeur. Mais comme alors j'avais les yeux sur lui, il se remit incontinent, me sourit, et me dit, avec un geste de bienveillance : continuez, M. le baron, votre élève est vraiment un héros !

» Ton mariage précipité, par ordre

exprès du feu roi, et troublé par celui
de la duchesse, surprit beaucoup le ministre. Ce qui est fait n'est plus à faire,
ajouta-t-il en italien; mais s'il était à faire,
je doute qu'il se fît jamais. Chevreuse gâte
tout ce qu'elle touche, reprit la reine;
elle a pour conseil privé, Châteauneuf,
de Retz et Beaufort, et pour cheval de
bataille, l'intrigue: avec tout cela, on
ne va pas loin. Et l'on finit mal, conclut
le signor Mazarin.

» Ils auraient pris volontiers pour une
aventure de roman ton expédition au
couvent de Fontainebleau. A la peinture
de ta réunion avec ma fille, Anne ne put
retenir de nouvelles larmes. Enfin elle en
versa d'amères sur ta détention; mais elle
m'assomma tout d'un coup, en m'annonçant que la tranquillité de l'état et
la sûreté du gouvernement exigeaient
qu'elle fût prolongée.

» Je me sentis pâlir, et faillis perdre
connaissance. Je fermai les yeux et ne
répondis rien; j'étais hors d'état de parler. Le cardinal s'était levé pour me se-
courir; mais je le repoussai doucement,

et lui dis : pour Dieu, laissez-mo mourir. Cependant la reine sanglotait. Elle dit avec une voix entrecoupée : voyez un peu, M. le cardinal ; n'y a-t-il aucun tempérament ? Mazarin remua la tête, en signe de négation. Pour moi, je me levai et voulus me retirer.

» Mais la régente me retenant, m'assura que cet emprisonnement ne serait ni long ni rigoureux. Je suis bien embarassée, ajouta-t-elle : ne suis-je pas reine ? J'ai cru que vous étiez mère d'abord, lui dis-je. Elle garda le silence. Je repris : Vous m'avez trompé, madame : qui m'assurera que vous ne me tromperez plus ? Vous m'aviez permis d'espérer, je viens de communiquer mon espoir : que faut-il que j'écrive maintenant ?

» Ecrivez, répondit-elle, qu'il peut compter sur le cœur d'une mère ; que rien ne lui manquera dans sa captivité ; mais, ajouta-t-elle en soupirant, le fils du crime est encore l'enfant du malheur ! C'est vous qui l'y condamnez, interrompis-je ; ce n'est ni la naissance, ni la fortune, ni la situation qui, rendent les hommes heureux ou malheureux ; ce sont leurs sentimens, ce sont leurs passions. Quand les uns sont inspirés par un bon cœur, quand les autres sont tempérés par un bon esprit, il n'y a rien à redouter. Charles a de la raison ; il est pénétré pour vous d'amour et de respect ; il ne vous causera jamais le moindre désagrément. Que tout ce que vous me dites me fait peine, répliqua Anne. ne me le suis-je pas dit cent fois ? Eh ! madame, répondis je avec véhémence, si vous vous l'étiez, dit une seule bien sérieusement, la liberté de Charles eût été votre réponse. Est-il possible que ce soit une mère que je sollicite ? Où sont donc vos sermens de protection et vos promesses d'amour ? Lorsque Madame les fit, répondit Mazarin, elle n'était point chargée du gouvernement d'un grand empire ; elle pouvait penser en mère. Il y a mieux, elle devait protéger la nature contre les institutions de la société. Aujourd'hui, je le dis à regret, la première de ces institutions, celle d'où dépend le sort d'un peuple, et peut-être de cent,

la royauté, en un mot, doit l'emporter
sur la nature. Ah! dit la régente à demi-
voix, et comme se parlant à elle-même:

Qu'il est mal aisé d'être reine,
Hélas! d'être mère à la fois!

Un cœur dur, continua le ministre, un
tyran inaccessible aux tendresses du sang
et aux effusions de l'amitié, parlerait
avec une toute autre sévérité. Il dirait
à la reine : Madame, il faut choisir entre
le trône et votre fils, entre le titre de
régente et celui de mère. Voyez, si pour
l'amour d'un seul enfant, vous en voulez
délaisser vingt millions ou les trahir? Mais
je serais exigeant et ne propose aucun
parti extrême. Je ne demande point que
madame immole son affection, mais
qu'elle sache la régler. Le moment où
nous sommes est critique. On machine,
on conspire, on voudrait une crise ; on
croit avoir trouvé dans le jeune prince
un prétexte et des moyens de la déci-
der. Vainement des ténèbres ont été
multipliées autour de son berceau. Il y

avait tant d'yeux intéressés à les percer!
D'ailleurs, un secret confié à trois personnes est-il un secret? Enfin on a découvert, du moins on a pressenti la vérité. Une fatale ressemblance vient l'appuyer, et pour beaucoup de gens, elle
en est la démonstration. Que devien-
drions-nous, si on en prenait texte pour
armer? Ce fou de Beaufort n'a-t-il pas
déjà promené dans les parages de Bor-
deaux un autre personnage, dont la ressemblance aussi serait dangereuse, si son
effet n'en était détruit par son sexe? Enfin
il y a des mécontens : le parti des *Importans*, aussitôt détruit que formé, a
déposé sous ses ruines le germe d'une
faction plus redoutable. C'est bien assez
qu'elle ait à sa tête Gaston, et pour âme
la maison de Condé. Ne lui donnons pas
le triomphe de pouvoir se fortifier d'un
grand nom. En un mot, d'une dispute
d'intrigans, qui ont soif d'un peu de pouvoir, ne faisons pas la querelle de deux
frères, qui se disputent le trône. Sans
citer l'exemple fabuleux des fils d'OEdipe,

craignons de renouveler les temps de don Pèdre et de Translamare.

» Anne écoutait son ministre avec une complaisance marquée qui me fesait cruellement souffrir. Quand il eut cessé de parler, elle me demanda si, à tout ce qu'il venait d'énoncer de concluant il y avait quelque réplique : Dût Votre Majesté, répondis-je, considérer mon opinion comme irrévérente au pouvoir dont elle est dépositaire, oui, madame, je crois qu'il est des répliques à ce qu'a avancé M. le cardinal ; et si j'ose m'expliquer, j'aurais cru les trouver dans votre cœur. En l'absence d'une mère, je ne plaiderai donc pas la cause du fils, mais celle du sujet devant la reine. Je veux que la proscription ait marqué d'un sceau de réprobation le berceau de ce sujet ; je consens que le hasard, d'accord avec la fortune, l'ait revêtu d'un signe qui l'empêche d'échapper au malheur : que prouvent ces circonstances, et qu'en veut-on conclure ? Que dans un moment où les factions se re-

muent, où l'intrigue renoue les cabales,
il est à craindre de leur offrir des amorces, un prétexte, des alimens. D'accord,
mais je diffère sur les moyens de les leur
soustraire. N'en serait-il point d'accommo-
der les délicatesses de la nature avec les
intérêts publics? Le but est de dérober
à tous les regards l'infortuné qui, croit-
on, les fixerait en les alarmant. Hé!
bien, qu'on en confie la garde à ma
fidélité; qu'on en fasse reposer la garantie sur ma tête; que mon château soit
sa prison, et qu'on m'érige en geolier.
Redoute-t-on la proximité de sa présence? Qu'on nous assigne un climat,
un territoire lointain, où nous puissions
vivre dans l'obscurité; mais qu'on nous
relègue surtout où l'on sache aimer! Ah!
mon fils, abjure de grand cœur la puissance et ses pompes, la gloire et ses
prestiges, l'ambition et ses fausses dou-
ceurs! Il ne demande qu'un coin de
terre, qu'une cabane, des filets de pê-
cheur, sa jeune épouse et son vieux père!
— Et comme il me sembla que la reine,
de nouveau attendrie, tournait vers moi

des regards approbateurs : Ah ! madame,
m'écriai-je, en me jetant à ses pieds ;
souffrez qu'après avoir persuadé Votre
Majesté, je m'adresse à son cœur. Permettez que j'explique en notre faveur
les mouvemens qui l'agitent. Nous sommes
seuls, Madame, et en touchant à ce sujet délicat, Dieu me garde d'alarmer des
scrupules que je révère ! Mais toutes les
puissances peuvent-elles détruire ces titres
à votre amour ? N'est-il plus votre fils,
et n'a-t-il pas assez expié un tort qu'il
n'a pas commis ? On allègue la politique,
et l'on ne parle pas de la pitié ! Que
vous importera d'être vantée comme une
grande reine, si l'on ajoute que vous
n'osâtes vous montrer bonne mère ? O
mon auguste souveraine, ne rougissez
pas de ce titre sacré ; un vieillard sans
reproche vous en conjure à genoux !
Avez-vous oublié que ce fut moi qui,
de votre sein, le reçus dans mes bras ?
Vous me dites : Servez-lui de père ! J'en
atteste le Dieu qui reçut mon serment ;
je l'ai gardé. Et vous voulez, en l'arra-
chant à ma tendresse, me rendre par-

jure? Vous le confiez à des cœurs froids
ou indifférens, à des mains avides et
mercenaires! Savez-vous que, tandis que
vous foulez la pourpre et le duvet moel-
leux, votre fils arrose de larmes amères
sa dure couche de captivité! L'or brille
dans cet appartement, les siens sont hérissés de verrous; et tandis que la foule
soumise vole au devant de vos désirs,
il est, lui, sous la verge farouche de
sinistres geoliers. Votre sang cependant
coule dans ses veines; c'est le sang des
héros et des rois, il n'a pas dégénéré.
Vivante image du prince aimable et malheureux que vous honorâtes du plus
tendre attachement, n'en avez-vous pas
conservé quelque peu à son fils? Ah !
permettez qu'il goûte aussi les charmes
d'un amour que vous avez approuvé !
En le rendant aux embrassemens d'un
père, vous le restituez à ceux de son
épouse. Vous faut-il l'avouer, madame?
tout me présage qu'elle est mère. Que
déjà le rejeton qui lui devra le jour
unisse sa voix à la mienne pour vous dé-
terminer ! Il vous crie : Ne me condam-

nez pas, ainsi que mon père, à naître orphelin; héritier de son nom, dois-je l'être aussi de ses revers? Un seul mot, et vous faites trois heureux à la fois !

» Anne était vivement émue; Mazarin lui-même essuyait ses larmes. Elle me releva sans parler; et ce ne fut que quelques minutes après qu'elle me dit : Je serais une cruelle, une ingrate, une marâtre, si je vous refusais. Allez, mon cher baron, mon ami, retournez chez vous, et retournez-y content. M. le cardinal arrangera tout pour le mieux.

» Ce prélat sortit de l'oratoire, en me donnant la main, comme si j'eusse été prince du sang (1). Il entra avec moi dans ces détails domestiques qui prouvent l'intérêt, s'informa de ma fille, et parut voir avec joie qu'elle fût enceinte. Enfin, il n'est sorte de civilités qu'il ne

---

(1) Quand un cardinal recevait la visite d'un prince du sang, l'éminence allait au devant de l'altesse, pour laquelle on ouvrait les deux battans, et à laquelle le prélat *donnait la main*. Dans les derniers temps de son ministère, M. de Richelieu la refusait aux princes collatéraux, et ne la donnait qu'à MONSIEUR.

me fit, et ne me remit pas dans ma voiture, sans m'avoir embrassé. J'étais confus de tant de bontés.

» Oh! le fourbe! Oh! le traître! Oh! le barbare! Il choisissait la place à me percer le cœur! Voilà donc ce qu'est un homme de cour! Quelle bassesse! quelle honte! Caresser pour mordre, étreindre pour étouffer, endormir pour égorger! J'aimais encore mieux le glaive tranchant de Richelieu. On pouvait s'en garantir par quelques précautions; mais le moyen de se défier de celui qui gémit, qui soupire, qui pleure avec vous? On dit que le crocodile pleure aussi.

» Presqu'à mon retour, je trouve un valet de pied qui me remet un billet de Son Éminence. Le voici : « M. le car-
» dinal fait ses très humbles civilités à
» M. le baron des Anglecourts. De crainte
» d'affliger davantage S. M. et de l'alar-
» mer lui-même, M. le cardinal a cru
» devoir lui cacher la décision défini-
» tive de l'affaire, qu'il n'a pas été maître
» de conduire autrement. L'individu en
» question (*L'individu?*.... insolent! c'est

le sang des rois, c'est le fils d'un héros!)
» étant d'une existence dangereuse à la
» tranquillité de l'Etat, et préjudiciable
» à la dignité du gouvernement, le roi
» a ordonné que sa détention fût pro-
» longée. (Le roi! un enfant qui ne sait
pas lire!) Et pour que sa présence
» ne pût servir de moyen ou de prétexte
» aux mécontens, Sa Majesté a aussi or-
» donné que cette détention aurait lieu
» dans un de ses châteaux forts, distant
» de sa capitale, au moins de deux cents
» lieues. (Ah! bourreau! qui retourne
le poignard dans la plaie!) M. le car-
» dinal est désespéré de n'avoir pas à
» transmettre à M. le baron des nouvelles
» plus satisfesantes; il lui en fait ses très
» humbles excuses, et lui renouvelle l'as-
» surance de sa considération, etc. » —
Mon pauvre père désolé avait allongé
cette lettre de plaintes, d'exclamations
douloureuses, et ce qui ne lui était pas
ordinaire, d'imprécations et de menaces.
Il y en avait une, sur laquelle je glissai pour le moment, mais de laquelle
les événemens me firent rappeler. Pour

lors, je n'étais préocupé que de nôtre
douleur commune, et des anxiétés, que
causaient à Onézyme et au baron, l'in-
certitude du lieu de ma détention; car
on avait eu grand soin de le leur cacher;
et c'était, par l'intermédiaire du ministre, et sous son cachet même, que ces
dépêches m'étaient parvenues. Si l'on
demande maintenant comment, après
en avoir pris connaissance, il a pu en
permettre l'envoi, je répondrai qu'une
grande erreur serait de juger ce ministre,
par les autres en général, et moins encore par Richelieu en particulier. Richelieu ne voulait pas qu'on agît et n'aurait
pas permis qu'on parlât; Mazarin a souvent dédaigné les actions et s'est toujours
moqué des discours. L'un rompit les obstacles à force ouverte; l'autre les tourna
de biais : tous deux régnèrent (1).

_____

(1) Le monde moral, ainsi que l'univers physique, se
compose d'harmonies, et les harmonies ne résultent que
des contrastes, qu'il faut bien se garder de confondre
avec les contraires, d'où naissent le désordre, la ruine,
ou tout au moins l'embarras. Il est à remarquer qu'aussitôt que les circonstances ont fait éclore un homme ca-

La vie que je menais dans ce château, auquel les Alpes servaient de bas-
tions, augmentait, par sa monotonie,
l'amertume de mon existence. L'occu-

---

pable, dans quelque genre que ce soit, la nature lui
oppose sur-le-champ son contraste, au moyen duquel
elle maintient l'équilibre intellectuel que la supériorité
d'un seul aurait rompu. Cent illustres exemples appuient
ce principe d'économie générale, et si l'on ose dire, de
politique naturelle. L'austère Lycurgue formait avec le
flexible Solon, une opposition parfaite; la magnificence
de Périclès était contrastée par les turpitudes de Cléon,
et la noble sagesse de Socrate par l'impudent philoso-
phisme de Diogène. Marius eut Sylla pour émule; Auguste après s'être uni à Antoine, devint son ennemi,
et César rivalisa avec Pompée. Plus près de nous, et
dans des classes diverses, Racine et Corneille, Mignard
et Lebrun, Bossuet et Fénélon, Colbert et Louvois,
Turenne et Condé, Voltaire et Rousseau, après avoir
offert le spectacle d'une opposition mutuelle, ont divisé
leurs partisans en écoles qui perpétuent leurs principes.
Ici, il n'est question que des célèbres ministres Richelieu et Mazarin. Nous avons tâché de fixer l'idée qu'on
doit se faire du premier; plaçons au portrait de l'autre
quelques couleurs qui lui donnent plus de relief et de
vie. Richelieu fut un génie qui avait du caractère; Mazarin fut un esprit qui montra de l'adresse. Il ne possédait aucune vertu, dans l'étroite acception du mot; dans
le même sens aussi il était incapable de crimes; mais
il avait dans son organisation un certain mélange de
vices subalternes. Si la Fronde ne fut qu'une comédie,
ce n'est pas tout à fait aux acteurs qu'il le faut imputer,
mais à l'objet. De Retz, peut-être était plus brouillon

pation qui l'adoucit un peu, peut-être
parce qu'elle la délayait en quelque
sorte, fut la lecture souvent réitérée
de la correspondance que m'avait trans-

---

que conspirateur, Beaufort plus démagogue que chef
de parti, et certainement le premier prince du sang,
Gaston, fut le dernier des mortels. Mais Condé était
un personnage ; mais la duchesse de Longueville n'était
pas une intrigante sans mérite ; mais celui de la Roche-
foucault annonçait déjà, dans le frondeur amoureux,
le sévère auteur des *Maximes*. Quand à Mazarin, ses
évasions, son peu de consistance, sa peur du bruit,
ses menées mesquines et sa parcimonie ôtèrent à la
Fronde sa dignité, et la privèrent à la fois du caractère tragique et des succès. Mazarin craignit un feu de
paille comme si c'eût été un incendie et fit jouer les
pompes ; Richelieu eût mis le pied dessus. Du reste
Mazarin promettait beaucoup et tenait peu, projetait
plus qu'il n'exécutait, et temporisait sans cesse. Parleur
facile, mais diffus, fourbe plus que fin, poli jusqu'à la
bassesse, et menteur jusqu'à l'effronterie ; maniant
les affaires avec aisance, mais les négligeant avec une
paresse impardonnable. Amoureux de spectacles, de
jeux, de fêtes, qu'il traitait en objets importans, et
pour lesquels seuls il étalait de la magnificence. Au
faîte de la puissance et de la renommée, il eut toujours l'air embarassé ; on eût dit qu'il ne se croyait
pas à sa place. Celle d'un seigneur oisif lui eût mieux
convenu. Au surplus, son administration fut plus
financière que politique, et conséquemment moins
tyrannique que contentieuse, etc. (*Extrait d'un* Ouvrage inédit *de M. Regnault de Warin.*)

mise le baron. J'en mets une partie sous les yeux de ceux à qui j'ai promis l'aveu de mes secrets. Ils y trouveront peut-être quelques leçons utiles. Il y a long temps que le reste n'est plus.

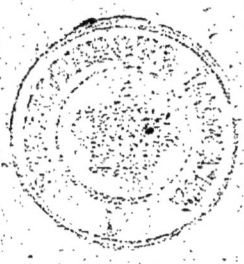

FIN DU TOME TROISIÈME.